Hans-Jörg Kühne

DUNKLE
GESCHICHTEN
AUS

Bildnachweis

Umschlagrückseite: Maria Frickenstein

S. 7: „Doktor Schnabel von Rom", Stich von Paul Fürst, ca. 1656, Quelle: Internet, Public Domain, gemeinfrei, 2017

S. 10: Bild Stadtarchiv Bielefeld, Quelle: Neue Westfälische vom 3. Januar 1972

S. 13, 20, 30, 32, 35, 37, 40, 41, 50, 61 o. : Foto Stadtarchiv Bielefeld

S. 25: Foto Michael Rauscher, Bielefeld

S. 27: Abbildung Stadtarchiv Bielefeld

S. 45: Stich aus Hermann von Kerrsenbroick [Kerssenbrock], Geschichte der Wiedertäufer zu Münster in Westphalen, Münster 1771 [Landesgeschichtliche Bibliothek Bielefeld, Sign. Q 20 324]

S. 54: Stadtarchiv Bielefeld, Bestand 400,8/Karten und Pläne, Nr. 701: „Sparrenburg", Karte des Vermessungs- und Katasteramts Bielefeld, 1989

S. 56: „Laura Battiferri", Gemälde von Angnolo Bronzino, ca. 1550, Quelle: Internet, Public Domain, gemeinfrei, 2017

S. 61 u.: Privatbesitz

S. 63, 64, 65, 70: Foto G. Rudolf, Stadtarchiv Bielefeld

S. 67: Foto Wolf, Stadtarchiv Bielefeld

S. 69: Foto E. Heidmann, Stadtarchiv Bielefeld

S. 72, 78, 79: Foto Hans-Jörg Kühne, Bielefeld

S. 73: Foto Sudmann, Stadtarchiv Bielefeld

S. 74: Foto Möller, Stadtarchiv Bielefeld

S. 75: Foto Baumann, Stadtarchiv Bielefeld

S. 77: Dokument Stadtarchiv Bielefeld

1. Auflage 2017

Umschlaggestaltung: r2 | Ravenstein, Verden
Layout und Satz: Schneider Professionell Design, Schlüchtern-Elm
Druck: Druckerei Zimmermann Druck + Verlag GmbH, Balve
Buchbinderische Verarbeitung: Buchbinderei S. R. Büge, Celle
© Wartberg-Verlag GmbH
34281 Gudensberg-Gleichen, Im Wiesental 1
Tel. 0 56 03 - 9 30 50   www.wartberg-verlag.de
ISBN 978-3-8313-2217-6

Inhalt

Vorwort

Ich mag keine langen Vorreden oder Einleitungen. Sie auch nicht? Sehr gut, dann kann es ja losgehen mit den dunklen Geschichten aus Bielefeld!

Dies ist kein „Schwarzbuch" im Sinne einer Aufzählung von negativen Seiten der Stadt, um diese ihrer Attraktivität zu berauben. Kein Bielefeld-Bashing mit dem Ziel jener vermeintlich lustigen Erkenntnis, dass es die Stadt am Teutoburger Wald eigentlich gar nicht gibt. Nein, es wird vielmehr neugierig in jene Bereiche geschaut, die vom Standpunkt des Stadt-Marketings zwar nicht als Aushängeschild der Stadt tauglich, trotzdem aber höchst spannend sind. Eine Reise ins Innere der Stadt, tief hinein in den Kaninchenbau, um festzustellen, ob und wo dieser endet. Ein Reiseführer durch die Tiefen der Bielefelder Seele – gewissermaßen.

Hans-Jörg Kühne

Bis dass der schwarze Tod euch scheidet

Im Jahre 1636 hatte es im Ravensbergischen größere Truppenbewegungen gegeben, die Bielefeld mehr oder weniger tangierten. Vielleicht hat auch im Mai des Jahres ein Tross Kriegsknechte sein Lager vor den Toren der Stadt aufgeschlagen. Und diese haben möglicherweise den schwarzen Tod bereits in ihren Reihen gehabt und Bewohnerinnen und Bewohner Bielefelds angesteckt.

Nach allem, was über die Pest bekannt ist, dürften die ersten, schweren Symptome der Krankheit bei den Infizierten einige Tage nach der Ansteckung aufgetreten sein. Diese waren plötzlich bettlägerig, benommen, schwach, schwitzten, die Haut glühte, hohes Fieber verursachte Bewusstseinsstörungen, vernichtende Kopf- und Gliederschmerzen kamen bald hinzu. In der Leistengegend, in den Achselhöhlen und am Hals entwickelten sich kleine und größere Beulen, die ebenfalls stark schmerzten. Vom Ausbruch der Krankheit bis zum Tod dauerte es in den meisten Fällen nur wenige Tage. Wenn sich schließlich die Pestsepsis einstellte, hatten die Leidenden noch höchstens anderthalb Tage zu leben. In dieser Phase gesellten sich zum Schüttelfrost großflächige Hautblutungen hinzu.

Zu den Therapien gehörten das Aderlassen, da die damalige Medizin davon ausging, dass auf diese Weise die schlechten Säfte, mitverantwortlich für die Krankheit, gleichsam aus dem Körper flössen. Darüber hinaus besprühten die Ärzte die Kranken mit Essig und händigten den Familien der Erkrankten eine spezielle Salbe aus, mit der sie die Beulen bestreichen sollten, sobald diese eine braune Farbe annahmen. Danach sollte man noch einmal den Arzt rufen. Dieser schnitt dann die Beulen auf, um den Eiter ablaufen zu lassen.

Es ist davon auszugehen, dass der Bielefelder Rat nach venezianischem Vorbild verfuhr und den gesamten Hausstand der Erkrankten, mit allen Verwandten und Dienern, für 40 Tage von den übrigen Stadtbewohnern isolierte. Das konnte nur funktionieren, wenn alle Türen und die meisten Fenster des jeweiligen Hauses in aller Eile zugenagelt oder zugeschmiedet wurden. Bewaffnete überwachten die Einhaltung dieser „Quarantäne".

Die Bielefelder Stadtoberen verfügten weiterhin, dass nun für vier Wochen niemand die Stadt verlassen dürfe. Die Wachen an den Toren wurden verstärkt. Schwarze Fahnen an den Kirchtürmen sollten weithin signalisieren, dass in Bielefeld der schwarze Tod wütete. Einziger positiver Nebeneffekt dieser Maßnahmen war, dass nun keine der teuren Einquartierungen von Soldaten, Hauptleuten, Obristen und Generälen mehr zu befürchten waren. Ein schwacher Trost.

Bald dürften Pferde- und Ochsenfuhrwerke in den Straßen gesehen worden sein, auf denen sich der Hausstand ganzer Familien befand, die vor der Seuche fliehen wollten. Groß waren deren Klagen und ihr Gejammere, als sie vor den verschlossenen Stadttoren standen und wieder zurückgeschickt wurden.

In der Stadt, in der das lauteste Geräusch sonst das Geläut der Kirchen war, gab es nun Geschrei und Tumulte. Besonnenheit zeigten nur noch wenige. Ansonsten griff nackte Panik um sich.

Die ersten Toten gab es drei Tage nach Bekanntwerden ihrer Erkrankungen. Anschließend ging es Schlag auf Schlag. Innerhalb einer Woche waren 60 Tote zu beklagen. Die Seuche hatte Bielefeld jetzt fest im Griff.

Die meisten Ärzte dürften sich nur noch um die reichen und wohlhabenden Bürger und den Adel gekümmert haben, die die hohen Rechnungen bezahlten und auf diese Weise den Ärzten das Risiko eigener Ansteckung einigermaßen akzeptabel mach-

Der Doctor Schna-bel von Rom

Creditis, als eine fabel,
od scribitur von Doctor schnabel,
r fugit die Contagion
autert seinen Lohn darvon.
udavera sucht er zu fristen,
leich wie der Corvus auf der Misten.
h Credite, ziehet nicht dort hin,
ann Romæ regnat die Pestin.

Quis non deberet sehr erse
für seiner Virgul oder stecke
qua loquitur, als war er stum
und deutet sein Consilium
Wie mancher Credit ohne zw
das ihm tentir ein schwartzen
Marsupium heist seine Höll
und aurum die geholte Seel.

I. Columbina, ad vivum delineavit.   Paulus Fürst, Ex

Kleidung wider den Tod zu Rom. Anno 1656.
Also gehen die Doctores Medici daher zu Rom, wann sie die, an der Pest erkrankte be
nen besuchen, sie zu curiren und fragen, sich wider Dißt zu sichern, ein langes Kleid von g
ärtem Tuch ihr Angesicht ist urlarvt, haben Augen haben sie grosse Crystalline Brillen, und
a seinem langen Schnabel voll wolriechendu Specerij, in der Hände, welche mit Handschuher
wol versehen ist, eine lange Lüthe und darmit deuten sie, was man thun, und gebräuche soll.

Ein Pestarzt auf einem Stich von Paul Fürst aus dem Jahre 1656. Um sich vor Ansteckung zu schützen, war die schwere Kleidung gewachsen. Im Schnabel der Maske befanden sich wohlriechende Kräuter, vor den Löchern zum Hindurchsehen war Glas eingesetzt. Die Länge des Stocks erinnerte den Arzt stets daran, welcher Abstand zum Kranken einzuhalten war. So oder ähnlich werden sich auch die Bielefelder Pestärzte 1636 ihren Patienten genähert haben.

ten. Für die Armen gab es ein schnell eingerichtetes Siechenhaus in der Notpfortenstraße, direkt an der Stadtmauer, wo auch die Dirnen wohnten und ihre Geschäfte betrieben. Dort starben die Kranken, kaum versorgt, unter katastrophalen Umständen.

Auf Anraten der Ärzte entfachte die Stadtwache auf den Straßenkreuzungen große Feuer, die Tag und Nacht brannten, um, wie es hieß, die Luft von den schädlichen Dämpfen zu reinigen. Bald waren ganze Familien samt der Dienerschaft von der Pestilenz dahingerafft. Die Ärzte forderten in solchen Fällen das Verbrennen des gesamten Hausstandes, aller Kleider, allen Besitzes samt der Häuser, um weitere Ansteckungen zu bekämpfen.

Wahrscheinlich wurde das Verbot der Flucht aus der Stadt mit allen nur denkbaren Mitteln umgangen. Auf die Flüchtenden warteten außerhalb der Stadttore jedoch Wegelagerer, die ihnen das Mitgeführte raubten. Wurden sie von diesen nicht erschlagen, dann besorgten das Herforder, Gütersloher und lippische Landsknechte, die den Auftrag hatten, jeglichen Übertritt von Bielefelderinnen und Bielefeldern über die eigenen Grenzen ohne Gnade und mit Waffengewalt zu unterbinden.

Einen Monat nach Ausbruch der Seuche gab es in der Stadt bereits 200 Pesttote. Das war eine gewaltige Zahl angesichts einer vormaligen Einwohnerschaft von etwa 3000. Von diesen waren bis Juli 1636 über 350 Menschen aus Angst vor der Seuche aus der Stadt geflohen. Abzüglich dieser und der Pesttoten zählte Bielefeld also nur noch gut 2400 Menschen in seinen Stadtmauern. Davon verstarben bis Ende des Monats noch einmal an die 150 Bürgerinnen und Bürger an der Krankheit. Jeder achte Bielefelder, ob Adeliger, Bürger, Handwerker, Tagelöhner, Dirne, Dieb oder Bettler, wurde innerhalb von zwei Monaten von der Beulenpest hingerafft. Der schwarze Tod machte alle gleich.

Als die Pest im Spätsommer des Jahres 1636 langsam verschwand, hatte Bielefeld nur noch etwas mehr als 2000 Einwohner. Nach und nach kehrten die geflohenen Einwohnerinnen und Einwohner wieder zurück und fanden ihre Heimatstadt in einem desolaten Zustand vor. Das wirtschaftliche Leben lag darnieder. Erst sehr langsam stellte sich wieder so etwas wie Normalität unter den Bedingungen des Krieges ein.

Mord auf dem „Alten Friedhof"

Im Jahre 1808, zu Zeiten des von napoleonischen Truppen besetzten Westfalens, wurde der „Alte Friedhof" an der heutigen Friedrich-Verleger-Straße auf einer Fläche von etwa einem Hektar angelegt. Damit befand er sich vor der damaligen Stadtmauer, in der Nähe des Niederntores. Einem Erlass Napoleons zu Folge hatten seit 1804 alle Friedhöfe außerhalb der Städte, mindestens aber 35 Meter von den Stadtmauern entfernt zu liegen. Die Kirchhöfe mit ihren Gräbern stellten nach Meinung der damaligen aufgeklärten Zeitgenossen eine zu große Seuchengefahr dar.

Heute liegt der Alte Friedhof an derselben Stelle, aber nunmehr mitten in der gewachsenen Stadt, umgeben von hohen, schmiedeeisernen Gittern und Toren, die täglich um 18 Uhr geschlossen werden. Und das hat seine guten Gründe. Denn in der jüngeren Vergangenheit verkam die wunderschöne Grünanlage mit ihren großen Bäumen und alten Gräbern, vornehmlich von Bielefelder Honoratioren längst vergangener Tage, immer mehr. So wickelte die Drogenszene hier ihre Geschäfte ab und setzte sich ihre Spritzen. Viele Menschen in besonderen so-

Der Fall des Mordes auf dem Alten Friedhof ging durch die Bielefelder Presse. Aus heutiger Sicht mutet der Abdruck von Bildern des Opfers und Täters nebst der Nennung ihrer Klarnamen ganz und gar unfassbar an.

zialen Schwierigkeiten, zumeist ohne Wohnung, belegten die Bänke und übernachteten auch dort. Prostitution, Gewalt und Körperverletzungen waren an der Tages-, besser an der „Nacht-ordnung".

Noch bevor die geschilderten Zustände einem traurigen Höhepunkt in den 1980er-Jahren zustrebten, war es am 30. Dezember 1971 auf dem Gelände zu einem rätselhaften Mord gekommen. Hinter dem „Haus der Technik", das unmittelbar an den Friedhof grenzt, war ein 64-jähriger Mann tot aufgefunden worden, erdrosselt. Das Ganze war ein Rätsel. Rein äußerlich, was Kleidung und Erscheinung anging, hatte der Tote offenbar keiner der hier sich aufhaltenden Szenen angehört. Was hatte der verheiratete, gutsituierte Familienvater aus Löhne-Gohfeld hier gewollt?

Die Bielefelder Kriminalpolizei suchte, wertete aus, fragte herum. Vergleichsweise rasch ging ihr der Täter ins Netz. Es handelte sich um einen jungen Mann aus der Stricherszene der Stadt. Dieser gestand, den 64-Jährigen, der ihn auf dem Alten Friedhof angesprochen, sich nach dem Preis für die angebotenen Dienste erkundigt und diese dann in Anspruch genommen hatte, niedergeschlagen, erwürgt und dann ausgeraubt zu haben. Ein eiskalter Mord aus niederen Beweggründen also.

Am 3. Januar 1972 übte sich eine der Bielefelder Tageszeitungen in einer Frühform der „political correctness". Ihre Schlagzeile „64jähriger wurde Opfer seiner Veranlagung" signalisierte so etwas wie Mitleid mit dem homosexuellen Opfer der Tat und Verständnis für dessen sexuelle Orientierung. Ob das jene Bielefelder*innen, die noch im alten Denken verharrten und den nach wie vor gültigen Strafrechtsparagraphen 175 als eine gute Sache betrachteten, mehrheitlich auch so sahen, entzieht sich der Kenntnis des Chronisten.

Dr. Junglohs Geheimnis

Wer geißelte nach dem Ende des Zweiten Weltkriegs die politische Unreife der Frauen, die, wegen ihrer überbordenden, schlecht kontrollierbaren Emotionalität, angeblich mehr als die Männer Hitler und seine NSDAP gewählt hätten? Wer schimpfte nach 1945 auf die Nazis, biss sich auf die Lippen ob des Sittenverfalls in diesen dunklen Jahren? Beklagte die zahllosen unehelichen Kinder, die nun ohne Väter bei den Müttern aufwachsen mussten? Schrie vor innerem Schmerz auf, wenn er über die immer weiter zunehmende Anzahl der Scheidungen las? Fiel auf die Knie vor Scham, wenn er nur an die vielen jungen Frauen dachte, die sich den amerikanischen und britischen Besatzern für Nylonstrümpfe an den Hals warfen? Konnte vor Zorn kaum an sich halten, wenn er sich vorstellte, wie es deutsche Mädchen mit diesen riesigen schwarzen Männern trieben? Hasste die Musik dieser Menschen, diese Hottentotten- und Dschungelmusik, so sehr, dass er am liebsten die himmlischen Heerscharen nebst dem Erzengel Gabriel gerufen hätte, wenn er es doch nur könnte, um mit Feuer und Schwert diesen Schrecknissen ein Ende zu bereiten?

Und wer drückte sich spätabends im Hauptbahnhof Bielefeld herum? Versuchte, einen Blick zu erhaschen auf die Bänke in den dunklen Ecken der riesigen Halle, auf denen tagsüber Reisende saßen und nachts eine hektische, atemlose und schlecht bezahlte Prostitution stattfand? Kaufte sich die kurze Zuneigung einer der heruntergekommenen jungen Frauen für kleines Geld? Und schlich sich, nachdem er sich die Aufführung der „Minna von Barnhelm" im kleinen Saal der Oetkerhalle angesehen hatte, die als Ausweichquartier für das von Bomben zerstörte Stadttheater diente, ins „Trocadero" am Oberntorwall, um an der

Etwas für die Herren: Wahl der Miss Bielefeld im „Trocadero", irgendwann in den 1950er-Jahren.

Wahl der Schönheitskönigin, der Miss Bielefeld, teilzunehmen? Wer wollte etwas nacktes Fleisch sehen, wer schlürfte geradezu jeden Zentimeter unbedeckter Haut? Tanzte danach bis in die Morgenstunden zu den wilden Klängen der amerikanischen Bigband, die auf ihrer Tournee auch Halt in Bielefeld machte? Und wer dachte dann: „Ja, das ist es! Das ist genau das, was ich wollte!"

Und wer ging am nächsten Tag, am Sonntag, in den Gottesdienst in der neuen Kirche am Liboriweg, um irgendwie mit seinen Sünden fertig zu werden?

Das war Dr. Frank Jungloh gewesen, Jurist mit gutgehender Kanzlei an der Humboldtstraße im weitgehend unzerstörten, gemütlichen Westen der Stadt. Während des Krieges SS-Sturmbannführer und, zusammen mit drei anderen Offizieren, verantwortlich für mindestens 10 000 Morde an Juden.

Damals, am Dnepr, da hatten sie ihre größte Aktion gehabt. In einer kleinen Schlucht waren die jüdischen Einwohner von Saporischja zusammengetrieben worden. Er hatte eine Einsatzgruppe geführt. Und dann hatten sie kurzen Prozess gemacht, – machen wollen. Es dauerte fast acht Stunden. Ein ganzer Arbeitstag. Eine Gruppe Juden in die Schlucht treiben, jeder ein Schuss, Fangschuss von Jungloh, falls nötig. Viele Fangschüsse von Jungloh. Kalk drüber. Dann weiter. So war das gewesen. Einmal hatten sie eine entwaffnete Kompanie Russen zu beaufsichtigen. Die hatten vorher die Schwänze deutscher Kriegsgefangener abgeschnitten und den Leichen in den Mund gesteckt. Das blieb nicht ungesühnt. Frank Jungloh und seine Kameraden machten an diesem Tag keine Gefangenen. Er kann sich nicht mehr daran erinnern, ob er die fast hundert Russen, die er selbst erledigt hatte, in erster Linie mit dem Karabiner oder der MP erschoss. Egal, scheiß drauf.

Der Gefangenschaft war er wie durch ein Wunder entkommen. Überdies stufte ihn der Entnazifizierungsausschuss, samt und sonders aus alten Sozis bestehend, als minderbelastet ein. Was für Idioten! Danach war er in die Anwaltssozietät seines Vaters eingetreten. Das war eine große Waschmaschine, die ehemalige Parteigenossen weiß wusch. Ein wahrhaft blendendes Geschäft.

Mit den Honoratioren der Stadt traf man sich zuweilen im „Deutschen Haus" an der Obernstraße oder im „Bewekenhorn". Und trank harten Schnaps. Lange, die halbe Nacht. Ab und an gab es auch eine jener geheimen und berüchtigten Feiern, die im Obergeschoss des Trocadero hinter verschlossenen Türen stattfanden. Das waren Orgien, auf die Kaiser Nero neidisch gewesen wäre. Weinbrand, Schnaps, Wein, Whiskey, Champagner, Morphium und Benzedrin hatte es da gegeben. Und

Frauen. Willig. Und in rauen Mengen. Dort waren jene Männer, die mit ihrem neu erworbenen Wirtschaftswunderbesitz schon nicht mehr wussten, wohin. Nichts drang davon nach außen. Eiserne Schweigepflicht.

Nach diesen Nächten, die sich kein normaler Bielefelder auch nur im Entferntesten hätte leisten können, fuhr Dr. Frank Jungloh mit dem Taxi zurück in den Westen, in die Ruhe und Abgeschiedenheit. Dann saß er allein in seiner Küche unter der hässlichen Lampe und heulte wie ein Schlosshund. Starrte auf seine Luger, die vor ihm auf dem Küchentisch lag und bläulich schimmerte, lud durch, entsicherte und hielt sich den kalten Lauf in den Mund. Aber er traute sich nie, abzudrücken. Schluss zu machen.

Erst im Jahre 1968, als Frank Jungloh schon fast mit seiner Vergangenheit im Reinen war, jedenfalls glaubte er das, wurde ihm, nebst einigen seiner damaligen Kameraden, vor dem Landgericht Bielefeld der Prozess gemacht. Während des Verfahrens griffen alte Seilschaften und sorgten für eine Haftverschonung Junglohs wegen seines angeblich angegriffenen Gesundheitszustandes.

„Wenn es so sein soll, dann soll es wohl so sein", sagte Jungloh damals und verabschiedete sich in den, seiner Meinung nach, wohlverdienten Ruhestand.

Die RAF in Bielefeld?

Am 15. Januar 1985 stürzte der Sendemast des Westdeutschen Rundfunks am Hermannsdenkmal um. Seltsam. War deutsche Ingenieurskunst mittlerweile so unzuverlässig geworden, dass ein simpler Mast einfach so, mir nichts, dir nichts, zusammenbrach? Das konnte nicht sein! Schnell wurde hier ein Sabotageakt vermutet. Aber warum?

Die politische Großwetterlage jener Jahre war unruhig. Der Deutsche Bundestag hatte im Jahre 1983 die Stationierung der umstrittenen Mittelstreckenraketen gebilligt. Im Regierungsbezirk Detmold, Standort mehrerer Garnisonen des Nato-Partners Großbritannien und der Bundeswehr, regte sich Widerstand von regionalen Ablegern der Friedensbewegung, die ja in der damaligen Bundesrepublik auf ihren Höhepunkt zusteuerte. Auch Vertreter der RAF, der „Rote Armee Fraktion", jener terroristischen Vereinigung, die die Hauptrolle im damals schon Jahre zurückliegenden „Deutschen Herbst" 1977 gespielt hatte, meldeten sich mit Flugblättern zurück. Und das vor dem Hintergrund des seit Dezember 1984 andauernden Hungerstreiks von 39 Häftlingen deutscher Gefängnisse, die wegen terroristischer Aktivitäten verurteilt waren. Bestand hier ein Zusammenhang zum Mastbruch in Lippe? Hatte die RAF erneut zugeschlagen? Einige Herren des Materialprüfungsamtes aus Dortmund reisten an und untersuchten den Mast. Tatsächlich war eines der Stahlseile, die die Sendeanlage aufrecht hielten, angesägt worden. Die Sicherheitsbehörden gerieten in helle Aufregung. Sonderausgaben der Bielefelder Tageszeitungen berichteten von den Erkenntnissen. Und sie erwähnten den seltsamen Fund eines Spaziergängers mitten in den Anlagen des Botanischen Gartens in Bielefeld. Dieser hatte ein Erddepot entdeckt, voll mit Zündmechanismen für Sprengsätze, Flugblätter mit dem Emblem der RAF und genaue Lagepläne der Sendestationen des Zweiten Deutschen Fernsehens in der Region. Offenbar plante die terroristische Vereinigung die nächsten Anschläge!

Die Bielefelder Polizei warnte und beruhigte gleichzeitig die Bürgerinnen und Bürger: Es sei zwar durchaus mit Sabotageakten zu rechnen, die Behörden täten jedoch ihr Möglichstes, um das zu verhindern.

Am 9. Oktober 1986 weihte der damalige WDR-Intendant Friedrich Nowottny auf dem Bielstein bei Detmold-Hiddesen den neuen Sender Teutoburger Wald offiziell ein. Er war in Rekordzeit und mit einem Kostenaufwand von zehn Millionen D-Mark fertiggestellt worden und mit seiner Technik und der Höhe von 302 Metern der modernste und größte Mast des WDR. In den Zeitungen, die über das Ereignis berichteten, wurden die mutmaßlichen Anschläge der „Rote Armee Fraktion" auf den alten Sendemast mit keinem Wort mehr erwähnt. Tatsächlich blieb der Fernseh- und Radioempfang in der Folgezeit störungsfrei.

Ein Eros-Center ohne Eros

Eine Großstadt ohne Kiez, ohne Rotlichtmilieu, ohne „Luden" mit schweren Autos und „leichten Mädchen", ohne „Koberer" und „Carmine-Freier"? Ohne „Anbahnung" in zwielichtigen Kneipen, ohne rote Neon-Herzen, die die ganze Nacht über blinken und Freier anlocken sollen? Ohne Bars mit Table-Dance und anderen Angeboten an die gierige Männerwelt, außer einem in ein Industriegebiet ausgelagerten „Eros-Center", das diesen

Namen einfach nicht verdient. So eine Stadt gibt es doch nicht! Doch, sie gibt es, und sie heißt: Bielefeld.

Wie, in aller Welt, kam es dazu? Sind die Bielefelder*innen etwa eine so verklemmte und prüde Spezies, dass sie ihre Augen vor diesen Dingen einfach verschließt? Sind sie derartig penible Saubermänner, die keine dieser gottlosen Erscheinungen in ihren Mauern dulden? Oder kehren sie gar nur vor ihrer eigenen Haustür? Sollen doch die anderen Städte sich mit diesen Dingen herumplagen, aber nicht Bielefeld! Tatsächlich – all das spielt bei der Suche nach den Gründen eine gewisse Rolle.

Ende der 1960er- und zu Beginn der 1970er-Jahre gingen beim Rat der Stadt Bielefeld permanent Beschwerden von Anwohner*innen des Kesselbrinks ein, des größten innerstädtischen Platzes. Sie beklagten die dort immer mehr ausufernde Straßenprostitution. Teilweise würden Frauen sogar in umliegenden Hauseingängen oder auf den Fluren der Häuser dieser Tätigkeit nachgehen, ohne etwa Rücksicht auf dort lebende Familien mit kleinen Kindern zu nehmen. Auch die Tageszeitungen berichteten über diese Missstände.

Die Politiker*innen sahen sich zu Gegenmaßnahmen veranlasst. Unter städtischer Regie entstand an der Eckendorfer Straße ein so genanntes „Laufhaus", das „Eros-Center". Damit glaubten alle, auf der Höhe der Zeit zu sein. Es handelte sich um einen schmucklosen Bau aus Waschbetonplatten mit 45 Räumen zur Vermietung. Die Mietbeträge waren an die Stadt zu entrichten, die „Zwischenschaltung" von Zuhältern nicht vorgesehen. Vor dem Ensemble befand sich ein großer Parkplatz wie vor einem Supermarkt, daran anschließend ein Durchgang und dahinter ein Karree mit kleinen Türen und Fenstern, hinter denen sich die Damen in Schaufenstern anboten. Zur selben Zeit wurde das gesamte Innenstadtgebiet Bielefelds zum Sperrbezirk erklärt. Wer dort nun beim Anbahnen oder dem Vollzug erwischt wurde, machte sich strafbar. Die „Sittenpolizei" übte großen Druck aus. Das hatte zur Folge, dass nun nicht nur die „Gewerbetreibenden" aus der Gegend um den Hauptbahnhof und dem Kesselbrink verschwanden, sondern auch das sie umgebende Rotlicht-Milieu. Zurück blieben ein paar schäbige Sex-Shops und -Kinos.

War ein Straßenstrich schon nichts Besonderes, so war es das „Eros-Center" noch weniger. Wer es sich leisten konnte, der fuhr jetzt bei allzu hohem Druck mit dem eigenen Auto oder dem Taxi nach „Wiesmoor", wie die Standorte der zahllosen Bordelle, die nun im ländlichen Umland Bielefelds entstanden, im Jargon der Zuhälter und ihrer Huren genannt wurden.

Das Eros-Center an der Eckendorfer Straße steht noch heute, wird von den Bielefelder*innen in gigantischer Verklemmtheit „Knusperhäuschen" gerufen, jedoch von vielen Taxis und ihren Fahrgästen gemieden. Die Fahrer der Mietdroschken sagen unverblümt, dass dieser Ort wahrhaftig keine gute Reklame für Bielefeld sei. Allen Ernstes könne doch niemand aufgefordert werden, dorthin zu gehen. Das sei doch „schrecklich". So würden die Taxifahrer jenen Touristen, die sich nach den Möglichkeiten vollkommener Entspannung erkundigten, – „... wo kann man denn hier noch was erleben?", das sei die typische Frage –, eher zu einem Besuch in „Wiesmoor" raten.

Resümierend darf festgestellt werden, dass alle beschriebenen Maßnahmen letztlich nichts genutzt, sondern vieles eher noch verschlimmert haben. Die illegale Elendsprostitution in der Innenstadt ist geblieben und die viel elendere Beschaffungsprostitution der Drogenszene hinzugekommen.

Die Mafia in Bielefeld?

Noch Jahre nach dem Ende des Zweiten Weltkriegs hielten sich in der jungen Bundesrepublik Deutschland zahlreiche Menschen auf, die von den Briten und Amerikanern „Displaced Persons" genannt wurden. Es handelte sich in erster Linie um ehemalige Zwangsarbeiterinnen und Zwangsarbeiter, die nach 1945 den Weg zurück in ihre jeweilige Heimat nicht antreten wollten oder konnten. Im hiesigen amtlichen Sprachgebrauch hießen sie „Heimatlose Ausländer", nachdem die deutschen Sozialämter mit der Versorgung dieser Bevölkerungsgruppe beauftragt worden waren. Sie sollten die noch in Westdeutschland verbliebenen Lager für diese Klientel mittelfristig auflösen und die dort Lebenden auf bereits bestehende oder noch zu bauende Wohnsiedlungen verteilen. War die Integration der heimatlosen Ausländer in die deutsche Gesellschaft in den Jahren seit 1945 nur schleppend bis gar nicht erfolgt, so sollte nun, nach einem verwaltungstech-

Im Volksmund „Klein-Korea" genannt: Die Wohnsiedlung an der Straße „Am Alten Dreisch" im Jahre 1977.

nischen Gewaltakt, dieses Problem endgültig ad acta gelegt werden können.

Schon zu Beginn der 1950er-Jahre waren in Bielefeld-Stieghorst erste Siedlungen für heimatlose Ausländer gebaut worden. Es handelte sich in aller Regel um schnell errichtete Reihenhäuser mit Niedrigkomfort-Wohnungen, wie sie allerorten auch für die Flüchtlinge und Vertriebenen aus den ehemaligen deutschen Ostgebieten entstanden waren. Im Volksmund erhielt die Bielefelder Siedlung oberhalb des Lipper Hellwegs den Namen „Klein-Korea". Das war angeblich dem Umstand zu verdanken, dass parallel zur Bauzeit in Südostasien der Korea-Krieg tobte und dass die Verhältnisse in der neuen Bielefelder Siedlung bald den chaotischen in Ostasien glichen.

Tatsächlich waren die Erfahrungen, die die Bielefelder Ämter nun machten, alles andere als positiv. In den Straßen „An den Gehren" und „Am Alten Dreisch" war ein Getto entstanden. Die dort untergebrachten Russen, Weißrussen, Ukrainer, Polen, Esten, Letten, Litauer und Jugoslawen blieben der übrigen Bevölkerung weitgehend fremd. Insbesondere die Jugendlichen formierten sich zu Banden, die in späteren Jahren und Jahrzehnten der Bielefelder Polizei immer wieder durch Körperverletzungen und sonstige kriminelle Vergehen auffielen. Zudem bildeten sich in diesem neuen Stadtviertel offenbar mafiöse Strukturen aus, auf die die Polizei lange Zeit keinen Zugriff hatte. So konnte sie weder die „Erbfeindschaft" zwischen einigen der dort lebenden Volksgruppen schlichten, die sich immer wieder in Gewalt entlud, noch Schieber- und Hehlereien verhindern. Klein-Korea blieb auch in Zeiten der Vollbeschäftigung das Bielefelder Stadtviertel mit der höchsten Arbeitslosenquote. Nicht von ungefähr bildete sich in den 1960er- und 1970er-Jahren hier der damals berüchtigte „Klein-Korea-Club", auch KKC genannt, der mit schweren Motorrädern und durch das Tragen der „Kutte" nach außen als eindeutiger Rocker-Club erkennbar war. Er machte immer wieder und in erster Linie durch gewalttätige Übergriffe und Körperverletzungen von sich reden und bereitete der Bielefelder Polizei manch böse Überraschung.

Mitglieder und Aktive dieser juristischen Grauzone, die heutzutage darüber berichten, möchten nach wie vor ungenannt bleiben und waren lange Jahre nur über Postfächer zu erreichen, da sie Racheaktionen der ehemaligen „Kollegen" fürchteten.

Was hat das Museum Wäschefabrik mit dem Untergang des Hauses Usher gemein?

Mit der Horror-Story von Edgar Allen Poe? Offenbar eine ganze Menge. Das Bielefelder Museum Wäschefabrik, eine wirkliche kleine ehemalige Wäschefabrik im ruhigen Hinterhof zweier repräsentativer Gebäude an der Viktoriastraße gelegen, ist nicht untergegangen, sondern erfreut sich regen Zuspruchs der unterschiedlichsten Besuchergruppen. Dennoch, wer sich dem Haus an dunklen, regnerischen Tagen nähert, den beschleicht mit Sicherheit ein nicht von der Hand zu weisendes Unwohlsein, das sich bei der Besichtigung des Nähsaales, des Bürotraktes und der erhalten gebliebenen Wohnung der früheren Unternehmer noch steigert. Tatsächlich scheint es so, als seien die Beschäftigten der Firma und die in der Wohnung Lebenden an irgendeinem Tag des Jahres 1952 aufgestanden, gegangen und nie wieder zurückgekehrt. Die elektrische Uhr im Nähsaal ist um 13:30 Uhr stehen geblieben. Die Nähmaschinen sind alle betriebsbereit, mit vollen Spulen und eingesetzten Nadeln.

Schuhe stehen herum, Jacken hängen über den Stühlen. Im Pausenraum stehen Spinde, zum Teil geöffnet, Düppen warten offensichtlich darauf, im Wasserbad für die Mittagspause heißgemacht zu werden. In den Büros stehen Schreibmaschinen mit eingezogenem Papier, der Safe ist geöffnet, Textilmuster liegen herum. Eine gewaltige Buchungsmaschine ist startbereit. An den Wänden Kalender aus längst vergangenen Tagen. Daneben, auf Schreibtischen, gewaltige schwarze Telefone aus Bakelit. Über allem schwebt ein seltsamer, fast süßlicher Geruch.

Die Wohnung der ehemaligen Unternehmer befindet sich zum Teil über dem Nähsaal. Sie erstreckt sich über zwei Stockwerke einer in das gesamte Fabrikensemble integrierten Stadtvilla aus dem Jahre 1913. Alles ist dunkel und abgenutzt. Küche, Wohnzimmer und Bad sind offenbar direkt aus den 1950er-Jahren nach hier transferiert worden. Unwirklich, albtraumhaft, wie aus einem Thriller von David Lynch. Der Schrecken fasziniert. Unmöglich, ihn zur Seite zu schieben, er erfasst, packt und lässt einen nicht mehr los. Im Wohnzimmerschrank steht noch immer eine Flasche, halb voll mit Eierlikör. Im Plattenschrank befinden sich alte Vinyl-Scheiben mit deutschen Schlagern der Vergangenheit. Heintje lacht von einem der Cover. Der sich jetzt einstellende Schauder ist übermächtig.

Im Küchenschrank liegt ein altes Brötchen, steinhart geworden. Daneben eine Untertasse mit Salz. Im Badezimmer steht auf dem Bord vorm Spiegel eine Flasche mit Pitralon-Rasierwasser. Daneben ein Becher mit einer alten, abgenutzten Zahnbürste. Über der Lampe hängt ein Brille – ohne Brillengläser.

Die Schränke in den Schlafzimmern sind voller Frauenkleider aus Wirtschaftswunderzeiten. Auf dem Nachttisch liegen speckige, zerlesene dtv-Taschenbücher: „Die Blechtrommel" und „Katz und Maus" von Günter Grass.

Im privaten Arbeitszimmer hat jemand die Bilder eines Fotografen liegen gelassen. Es sind die Arbeiten jenes Mannes, der in den 1980er-Jahren diese Fabrik und die kleine Villa wiederentdeckte. Er hatte damals den noch lebenden der ursprünglich zwei Betreiber der Wäschefabrik gefragt, ob er Fotos machen dürfe. Die Bilder sind schrecklich, ihr bedrückendes Schwarz-Weiß zeigt das Ensemble unter anderem auch von außen. Es ist Winter, Schneematsch liegt. Der Eindruck ist unendlich trübe, voller Schwermut und Ausweglosigkeit. Jahre später nach der Entstehung dieser Bilder beging der Fotograf Selbstmord. Es wurde allenthalben versichert, dass dieser Schritt nichts mit dem abgelichteten Sujet zu tun hatte. Tatsächlich?

Würde Edgar Allan Poe noch leben, seine berühmte Geschichte „Der Untergang des Hauses Usher" läse sich heute folgendermaßen: „Ich war den ganzen Tag lang durch Bielefeld gelaufen, einen grauen und lautlosen melancholischen Herbsttag – durch eine eigentümlich öde und traurige Gegend, auf die erdrückend schwer die Wolken herabhingen. Da endlich, als die Schatten des Abends herniedersanken, sah ich die Wäschefabrik in einem Hinterhof an der Viktoriastraße vor mir. Ich weiß nicht, wie es kam – aber ich wurde gleich beim ersten Anblick dieser Mauern von einem unerträglich trüben Gefühl befallen. Ich sage unerträglich, denn dies Gefühl wurde durch keine der poetischen und darum erleichternden Empfindungen gelindert, mit denen die Seele gewöhnlich selbst die finstersten Bilder des Trostlosen oder Schaurigen aufnimmt. Ich betrachtete das Bild vor mir – das einsame Gebäude in seiner einförmigen Umgebung, die kahlen Mauern, die toten, wie leere Augenhöhlen starrenden Fenster, die dürren Büsche, die ungeschnittenen Bäume – mit einer Niedergeschlagenheit, die ich mit keinem anderen Gefühl besser vergleichen kann als mit dem trostlosen Erwachen aus einem Alkoholrausch, dem bitteren Zurücksinken in graue Alltagswirklichkeit, wenn der verklärende Schleier unerbittlich zerreißt. Es war ein frostiges Erstarren, ein Erliegen aller Lebenskraft – kurz, eine hilflose Traurigkeit der Gedanken, die kein noch so gewaltsames Anstacheln der Einbildungskraft aufreizen konnte zu Erhabenheit, zu Größe. Was mochte es sein – dachte ich, langsamer gehend –, ja, was mochte es sein, dass der Anblick der Wäschefabrik mich so erschreckend überwältigte?"

Dunkel und bedrohlich: Das Museum Wäschefabrik bei Nacht.

Die Execution der Gebrüder Rennebaum

Im Historischen Museum der Stadt Bielefeld hängt ein kleiner Stich aus dem Jahre 1730. Er trägt den Titel „Execution der Gebrüder Rennebaum". Auf dem Bild ist eine große Menschenmenge zu sehen, die sich um einen Richtplatz versammelt hat. Hier und dort stehen, mitten in der Menge, große Kutschen. Alles scheint hier anwesend zu sein: ganz einfache Menschen, Handwerker, Bauern, aber auch damals Hochwohlgeborene, sicher von Adel, denen das Zu-Fuß-Gehen und Stehen in der Menge, unter dem Pöbel, nach damaliger Auffassung nicht ohne Weiteres zugemutet werden konnte. Bewaffnete Soldaten sind ebenfalls zu erkennen, die einen Ring um den Platz bilden und damit die Zuschauer*innen zurückhalten.

Auf dem Platz selbst wird hingerichtet, gerädert. So ist zu erkennen, wie ein Henker ein großes Wagenrad hebt und im Begriff ist, es auf den am Boden liegenden und von fünf Männern mit Seilen fixierten Delinquenten niedersausen zu lassen, um ihm damit die Knochen in Armen und Beinen zu brechen. Anschließend werden die so flexibel gewordenen Extremitäten durch die Speichen des Rades geflochten und auf einem hohen Stamm aufgestellt, den Krähen zum Fraß. Im Vordergrund des Bildes sind zwei Pfähle zu sehen, auf denen jeweils Räder mit Hingerichteten zu erkennen sind.

Das Ganze ist etwas unklar. Wurden also insgesamt drei Menschen gerädert? Oder vier? Denn weiter hinten im Bild lässt sich ein viertes Rad erkennen. Die zeitgenössische Bildunterschrift gibt Auskunft: „Vorstellung der Execution der Zween Mörder und gebrüder Rennebaum wie selbe mit dem Rade von unten auff bey Bielfeld den 12 Aug. 1727 Executiert worden, welcher die Schwieger Tochter u. Mutter Zusehen müssten". Aha.

Vorstellung der Execution der Zween Mörder und gebrüder Rennebaum wie selbe mit dem Rade von unten auff bey Bielfeld den 12 Aug. 1727
Executiret worden, welcher die Schwieger-Tochter u. Mutter Zusehen musten.

So sah es ein Zeitzeuge: Das Rädern der Gebrüder Rennebaum
1727 in Schildesche.

Das Bielefelder Stadtarchiv verfügt über die wichtigen und not-
wendigen Informationen zu diesem Fall. So fand die öffentliche
Hinrichtung der Brüder Johann Herrmann und Johann Jobst
Rennebaum am genannten Tag auf der Schildescher Heide,
vor den Toren Bielefelds, statt. Beide waren wegen des gemein-
schaftlichen Mordes am Gutsverwalter Daniel Müller zum Tode
verurteilt worden. Eine erhalten gebliebene Druckschrift schil-

dert detailliert die Tat, die im Dezember 1726 begangen wurde, die Motive, die Verhandlung und schließliche Verurteilung und Hinrichtung. Der Text ist überaus parteiisch. So würden die beiden Hingerichteten einer achtköpfigen Familie aus „grössesten Spitzbuben und Mörder(n)" entstammen. Von daher habe der Verdacht, dass der oder die Täter dieser Familie zugehörten, bei Ermittlungsaufnahme sofort nahe gelegen. Und tatsächlich hätte es sich bald erwiesen, dass zwei der insgesamt sechs Brüder, angestiftet von einem dritten Bruder, den Raubmord begingen. Zimperlich sind sie dabei nicht vorgegangen. Nachdem sie auf den Gutsverwalter geschossen hatten und der keine Anstalten machte, zu sterben, schlugen sie ihn wohl an die zwanzigmal mit dem Kolben einer Pistole auf den Kopf, bis endlich der Tod eintrat.

So grausam, wie sie den Gutsverwalter getötet hatten, rächte sich der preußische Staat an ihnen und verurteilte sie zur Räderung in besonders schwerer Form: „von unten auff". Es bedeutete, dass der Henker mit der Zertrümmerung der Knochen der Verurteilten bei den Füßen und Händen begann und sich dann langsam zum Leib vorarbeitete. Das verlängerte das Leiden extrem. Das Urteil „vom Kopf herab" wäre ein gnädigeres gewesen. Dann hätte der Henker gleich zu Beginn einen Gnadenstoß mit dem Rad auf Hals oder Herz gerichtet und dabei bereits exekutiert. Für die Gebrüder gab es also keine Gnade.

Seltsame Hinterlassenschaften

Auf dem Bielefelder Jostberg, einer Erhebung im Teutoburger Wald, die sich südwestlich an den Kahlen Berg anschließt, finden sich seltsame Spuren: Mauerreste ragen aus dem Erdreich und beschreiben den Grundriss einer größeren Behausung. Was für ein Gebäude hatte hier, mitten im Wald, gestanden?

Die einschlägige Literatur gibt Aufschluss: Mönche des Franziskanerordens hatten im Jahre 1498 die hier bereits bestehende Wallfahrtskirche zu Ehren des heiligen Jodokus übernommen und zum Kloster ausgebaut. Bereits 1507 gaben sie jedoch diesen Standort wieder auf und zogen nach Bielefeld. Es war ihnen auf dem Jostberg schlichtweg zu einsam und unwirtlich. Die Mönche wollten in die Stadt, mit Menschen Umgang pflegen und dabei ihren Seelsorgeauftrag erfüllen.

Ihre neue Kirche in Bielefeld weihten die Mönche wiederum dem heiligen Jodokus. Trotz der mehrheitlich protestantischen Ausrichtung der Bielefelder*innen ab Mitte des 16. Jahrhunderts blieben die katholischen Franziskaner in der Stadt und waren wegen ihrer seelsorgerlichen Tätigkeiten überaus geschätzte und gern gesehene Mitbürger. Bis 1829. In diesem Jahr wurde das Kloster nämlich aufgelöst.

Der damalige Bürgermeister Ernst Friedrich Delius hatte die Verdrängung der Mönche regelrecht betrieben, um auf dem Grund des Klosters ein städtisches Gymnasium erbauen zu können. Während seiner Rede anlässlich der Einweihung der Schule geschah Unheimliches. Einige der Anwesenden wollten hinter den Fenstern Mönche gesehen haben, die dort hin und her gegangen seien. Zwei Monate später verstarb der Bürgermeister. Die Angelegenheit gab Anlass zu den wildesten Spekulationen weitgehend „übersinnlichen" Inhalts. Der frühe Tod sei die Strafe für sein gottloses Treiben gewesen, so wurde geraunt. Männer der Kirche, und seien es auch „nur" Katholiken, zu vertreiben, alsdann deren Kloster zu schleifen, um dort ein weltliches, ein städtisches Gebäude zu errichten, das habe einfach nicht gutgehen können. Da habe der Teufel leichtes Spiel gehabt.

Mitten im Wald: Ein Kreuz erinnert an das ehemalige Kloster.

Der geheime Stadtplan
und ein falscher Kaiserhof

Im Stadtarchiv Bielefeld findet sich ein Stadtplan mit einem großen roten Stempelaufdruck: „Geheim!" steht dort, in gotischer Frakturschrift. Aber warum? Was soll an dem simplen Plan einer Stadt, die doch jede und jeder zu jeder beliebigen Zeit durchwandern kann, wirklich geheim sein?

Bei genauerem Hinschauen lässt sich rasch feststellen, dass die Zeichnung nicht die aktuelle Bebauung zeigt, sondern eine, die schon einige Jahrzehnte zurückliegt. Und der Plan umfasst nur einen Ausschnitt des Stadtgebietes. Im Zentrum der Karte liegt der Hauptbahnhof. Von ihm führt die Düppelstraße, die heute, nach der vollkommenen Umstrukturierung des Bahnhofsgebietes, Herbert-Hinnendahl-Straße heißt, hinunter zum heutigen Willy-Brandt-Platz. Weiter unten auf der Karte ist der nach wie vor größte Innenstadtplatz, der Kesselbrink, eingezeichnet. Auffällig sind große, rot schraffierte Flächen. Was haben sie zu bedeuten?

Nach und nach wird alles klarer. Der Plan stammt aus dem Jahr 1941. Und er ist ein Dokument des Größenwahns. Die Kennzeichnung als geheim erfolgte aber nicht etwa, weil die Menschen des Jahres 1941 den offenbar geistig verwirrten Schöpfer des Stadtplans schützen wollten, sondern aus irgendeinem anderen Grund. Vielleicht schienen die Bielefelder*innen jenes Kriegsjahres noch nicht reif für die projektierten Zumutungen. Denn die schraffierten Flächen bezeichnen gewaltige Abriss- und Baumaßnahmen. Bielefeld sollte offenbar, analog zu jenen großen Zeiten, in denen die damaligen Machthaber sich wähnten, veritable Aufmarschgelände nebst gewaltiger und beeindruckender Architektur erhalten. Das Reichsparteitagsgelände in Nürnberg

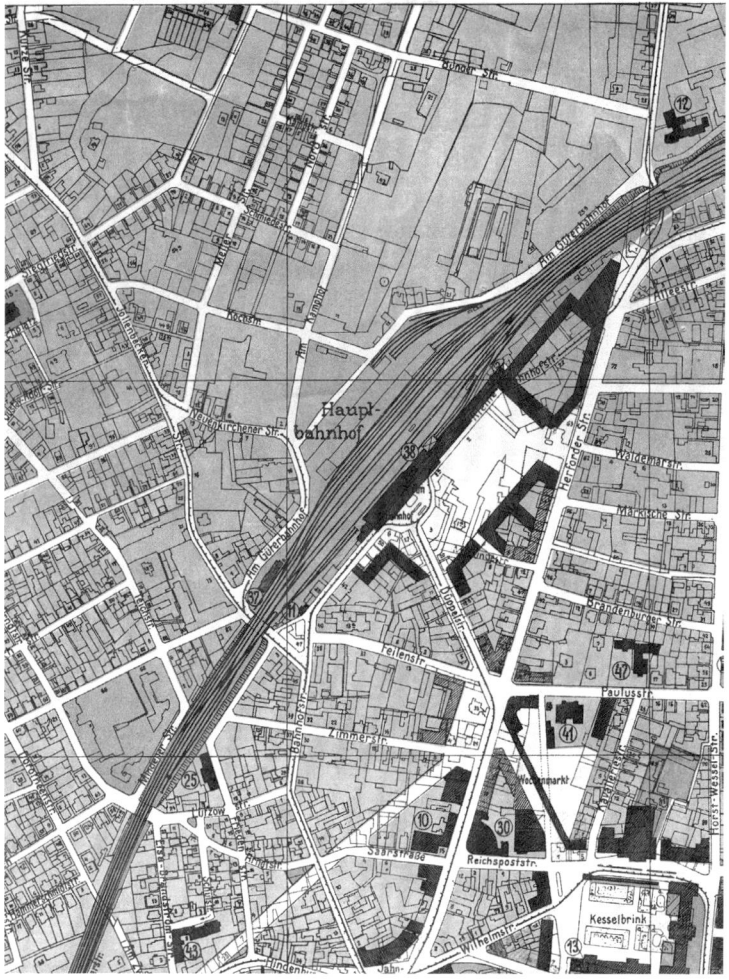

Der geheime Stadtplan aus dem Jahr 1941. Heute ist er im Stadtarchiv Bielefeld für jede(n) einsehbar.

schien hier Vorbild gewesen zu sein. So wäre der sowieso schon recht große Bahnhofsvorplatz in der Fläche um das etwa Zehnfache gewachsen, zu einem Rechteck umgestaltet und dann von gigantischen Bauten eingerahmt worden. Ähnliches war für den Kesselbrink vorgesehen. Und die Düppelstraße sollte über den heutigen Willy-Brandt-Platz hinaus verbreitert und bis zum Kesselbrink verlängert werden, links und rechts von monumentalen Gebäuden gesäumt. Dafür hätten ganze, über Jahrzehnte gewachsene Stadtviertel dem Erdboden gleich gemacht werden müssen. Im Endeffekt wäre eine Sichtachse vom Bahnhofsplatz bis zum Aufmarschgelände Kesselbrink entstanden. Der weitere Kriegsverlauf und das Ende des „Dritten Reiches" haben aber die Umsetzung dieser Pläne verhindert.

Das Bielefelder Bahnhofsviertel hat dennoch alle Höhen und Tiefen erlebt, die ein Stadtviertel überhaupt durchmachen kann. Seine letzte, große Zeit waren die 1950er-Jahre gewesen, die Phase des westdeutschen Wirtschaftswunders. Viele Bielefelder Industriebetriebe hatten sich seit dem 19. Jahrhundert um den Bahnhof herum angesiedelt. Hier schlug das industrielle Herz der Stadt, hier befanden sich einige der größten deutschen und europäischen Hersteller von Nähmaschinen, Fahrrädern, Maschinen und Werkzeugen. Deren Geschäftsfreunde, Kunden und Lieferanten schickten ihre Unterhändler nach Bielefeld. Wenn diese vor die Tore des Hauptbahnhofs traten, konnten sie für Übernachtungen der gehobenen Kategorie zwischen zwei Hotels wählen, die sogar fußläufig erreichbar waren. Das war zum Einen der altehrwürdige „Bielefelder Hof" und zum Anderen der ebenso gediegene „Kaiserhof" an der Düppelstraße, der heutigen Herbert-Hinnendahl-Straße. Trotz dieser „ersten Häuser am Platze" bewahrte das Viertel einen zweifelhaften Ruf. So präsentierte sich zwar die Front des Kaiserhofes zur Düppelstraße geradezu weltläufig: ein breiter, roter Teppich lief über den breiten Gehweg zu einem wahrhaft großstädtischen Portal, geschmückt von den Fahnen der verschiedensten Länder.

Auf der Rückseite dagegen, in der Missundestraße, fand Straßenprostitution statt. Wenn ein Gast ein Zimmer auf dieser Seite des Hauses bekam, hatte er einen guten Blick auf das „Angebot". Aber er sollte dabei die Fenster besser geschlossen halten. Denn an jenen Tagen, an denen bei den benachbarten Maschinenbauern Metall gegossen wurde, roch es ausgesprochen unangenehm nach dem verbrannten Fett der Gussformen.

Der Kaiserhof profitierte zunächst vom Wirtschaftswunder, beziehungsweise den vielen Reisenden, die Bielefeld besuchten, um hier ihre Geschäfte abzuwickeln. Doch um die Zukunftsperspektiven stand es schlecht. Schon in der unmittelbaren Nachkriegszeit dachten die Stadtplaner über Lösungen nach, um dem erwarteten – und irgendwie auch erhofften – Autoverkehr gerecht zu werden. Dafür stellten sie ganze Stadtquartiere zur Disposition, zu denen auch das Bahnhofsumfeld gehörte. Zudem signalisierten die hier ansässigen Betriebe, ihre Standorte aus Platzgründen aufgeben zu wollen. Im Jahre 1969 beschloss der Rat der Stadt Bielefeld schließlich die Sanierung und Neuordnung des gesamten Bahnhofsviertels. Der geplante Stadtbahn- und Stadthallenbau warf seine Schatten voraus. Damit setzte der endgültige Niedergang ein. In die dem Kaiserhof benachbarten und zum Abriss vorgesehenen Häuser zog nach und nach die wohnungslose Alkoholiker- und Drogenszene ein. Auch mit dem Kaiserhof ging es nun bergab. Er wechselte immer wieder die Besitzer. Irgendwann hieß er plötzlich „Bellevue", nachdem ein forscher Jungunternehmer Ende der 1970er-Jahre das Hotel gepachtet hatte. Aber die glorreichen Zeiten kehrten keinesfalls zurück. Stattdessen vermietete er die Zimmer zu höchstmöglichen Preisen an Asylsuchende und ausländische Arbeitnehmer. Die sanitären Anlagen wurden dem neuen Bedarf weder angepasst noch gewartet und verkamen. Die Umstände waren

Der Lack ist längst ab: Hotel Kaiserhof im Jahre 1980.

bald katastrophal. Auf den Zimmern musste mit gas- und elektrobetriebenen Heizplatten unter Lebensgefahr gekocht werden. Die Etagentoiletten quollen über.

Im Jahre 1984 rückten schließlich die Abrissbagger an und ließen das zu Grunde gerichtete Haus endgültig Geschichte werden. Heute befinden sich hier die Zugänge zur Stadtbahnhaltestelle und zur Stadthalle.

Die Sanierung des Bahnhofsgeländes ist mittlerweile längst abgeschlossen. Fast das gesamte Stadtviertel ist „umgekrempelt" worden. Der Abrissbagger hat so gewütet wie sonst nur beim Bau der innerstädtischen Schnellstraße, des „Ostwestfalendamms". Für das von den Nationalsozialisten geplante Aufmarschgelände wäre es nicht schlimmer gewesen. Danach ist Zweckmäßiges entstanden, nur selten wirklich Schönes. Anschließend nahm das typische, sehr heterogene Hauptbahnhofspublikum das Gelände wieder in Besitz. Als habe sich nichts geändert.

Der ungeliebte Sohn

Auf einen ihrer berühmtesten Söhne hätte die Stadt Bielefeld gern verzichtet: Horst Wessel. Er wurde am 9. Oktober 1907 als erster männlicher Nachkomme einer evangelischen Bielefelder Pfarrersfamilie geboren, die schon ein Jahr später nach Mühlheim verzog. Das Jura-Studium führte Horst Wessel nach Berlin, wo er, seit 1926 Mitglied der NSDAP, ab 1929 Sturmführer des Berliner SA-Sturms 5 wurde. In diesem Jahr hatte er dann in der NS-Zeitschrift „Der Angriff" erstmals sein Gedicht „Die Fahne hoch, die Reihen fest geschlossen" veröffentlicht, das später, mit der Melodie eines kommunistischen Kampfliedes, zum „Horst-Wessel-Lied" avancierte.

Horst Wessel hat im Februar 1930 einen schlimmen Tod gehabt. Unter nicht vollkommen geklärten Umständen wurde er bei einem privaten Streit im Januar angeschossen und starb nach langem Leiden in einem Berliner Krankenhaus an Blutvergiftung. Da Albrecht Höhler, der Todesschütze, Kommunist war, sah der spätere NS-Propagandaminister Joseph Goebbels nun eine Möglichkeit, mit Horst Wessel einen „Helden aus dem Volk" zu erschaffen, einen Märtyrer der Bewegung, einen „Christussozialisten". Das gelang ihm bekanntermaßen auch. Seit 1933 war dann das Horst-Wessel-Lied gewissermaßen zweite Nationalhymne. Tatsächlich wurde es Usus, nach der ersten Strophe des Deutschlandliedes das Horst-Wessel-Lied anzustimmen. Bücher und Filme über das Leben des angeblichen Märtyrers erschienen zuhauf. Der Kult war gewaltig. Besonders in seiner Geburtsstadt Bielefeld.

So taten sich 1933 in Bielefeld einige Unternehmer zusammen und stifteten den „Horst-Wessel-Stein". Es handelte sich um ein Arrangement, das einer altgermanischen Thing-Stätte nachempfunden war und befand sich auf einem Kammweg im Teutoburger Wald, genau gegenüber der Gaststätte „Eiserner Anton". Dort führt noch heute eine kleine Treppe hoch. Der Stein verschwand nach 1945. Irgendjemand schaffte ihn fort. Nur noch kleine Sandsteinbrocken sind übrig geblieben.

Zur Weihe der Stätte am 8. Oktober 1933 wurde in Bielefeld und Umgebung alles an Mensch und Material aufgeboten, dessen die Verantwortlichen habhaft werden konnten, um der Angelegenheit die notwendige Feierlichkeit zu verleihen. Bielefelds offizielle Fahnenmasten trugen die schwarz-weiß-rote und die Hakenkreuzflagge, ebensolche Fahnen hingen auch aus vielen Fenstern der Privathäuser. Zunächst fand die Weihe einer Gedenktafel am Geburtshaus Wessels in der Kaiserstraße 37 statt, die am selben Tag ihre Umbenennung in Horst-Wessel-Straße erfuhr. Anschließend ging es hoch in den Teutoburger Wald.

Am 14. Juni 1939 wurde noch einmal nachgelegt. An diesem Tag erfuhr das „Horst-Wessel-Denkmal" auf dem Oberntorwall seine Einweihung. Es hatte seinen Platz direkt gegenüber der

Das Horst-Wessel-Denkmal. Seit Juni 1939 stand es am Oberntorwall.

hiesigen Geschäftsstelle der NSDAP, die, was Wunder, den Namen „Horst-Wessel-Haus" trug. Die von dem Berliner Künstler Ernst Paul Hinckeldey geschaffene Bronzeskulptur stand allerdings nicht lange dort. Sie verschwand bereits irgendwann im Laufe des Krieges. Es heißt, sie sei eingeschmolzen und das Metall für den Waffenbau verwendet worden.

Der Rahmen für die Einweihung des Horst-Wessel-Denkmals konnte größer nicht sein. Just an diesem Tag traf nämlich die „Alte Garde" der NSDAP im Zuge ihrer „Westfalenfahrt" in Bielefeld ein. Die alten Kämpfer der ersten Stunde, insgesamt wohl an die 100 000, genossen in der Partei hohes Ansehen. Für einige Auserwählte, immerhin mehrere hundert, wurde jedes Jahr eine Fahrt organisiert. 1939 führte diese etwa 700 Altgardisten in den Gau Westfalen-Nord und damit auch nach Bielefeld. Und die Stadt hatte sich für diesen Tag herausgeputzt. Fahnen wehten überall, und alles, was irgendwie eine Uniform tragen konnte, ob jung, ob alt, war an diesem 14. Juni auf den Beinen. Das Programm war dichtgedrängt. Für die Einweihung des Denkmals blieben im Zeitplan gerade einmal 40 Minuten übrig.

Nach 1945 konnten sich viele Bielefelder*innen plötzlich beim besten Willen nicht mehr daran erinnern, dass Horst Wessel hier geboren worden war. Eine Straße mit seinem Namen? Hat es nie gegeben. Eine Bronzeskulptur? Soll die tatsächlich existiert haben? Und ein Horst-Wessel-Stein im Teutoburger Wald? Da war nie etwas gewesen. Das Gedenken war wie ausradiert, als habe es nie stattgefunden.

An einem Tag im November

Das „Bewekenhorn", eine Wirtschaft im Westen der Stadt, war in den Jahren der Weimarer Republik und des Nationalsozialismus Treffpunkt der Bielefelder Sturmabteilung gewesen, der SA. Einige hundert Meter weiter, in Richtung Innenstadt, befand und befindet sich noch heute das Lokal „Jordan", die damalige Stammkneipe der „Roten", also der Kommunisten. Als Hitler 1930 nach Bielefeld kam, dürfte es nicht nur in diesen zwei Gaststätten an der Stapenhorststraße hoch hergegangen sein. Die Bielefelder Tageszeitungen und NS-Publikationen liefern leider nur widersprüchliche Berichte über diesen Tag. Werden die vorhandenen Teile zusammengefügt und mündliche Erzählungen hinzugegeben, ergibt sich in etwa folgende Geschichte: „Hitler ist in der Stadt", sagte Heinrich Kamp und griff zum Schraubenschlüssel, „wir werden ihm und seinen Hetzhunden einen gebührenden Empfang bereiten. Treffen ist heute Nachmittag, um fünf Uhr, im Jordan. Alles klar?" Die versammelten Mitglieder des Bielefelder Rotfrontkämpferbundes nickten. Nichts konnte klarer sein. Es war der 16. November 1930. Adolf Hitler machte Wahlkampf für sich und seine NSDAP. Heute war Bielefeld an der Reihe. Er wollte in der Viehauktionshalle an der Eckendorfer Straße eine Rede halten. Als Saalschutz war, unter anderem, der SA-Sturm 13/1 aus dem Westen Bielefelds verpflichtet worden. Seine Mitglieder hatten sich schon am späten Nachmittag im Bewekenhorn getroffen. Schnaps und Bier gingen heute auf Kosten des Hauses.

Etwa um dieselbe Zeit fand im Polizei-Hauptquartier an der Viktoriastraße eine Lagebesprechung statt. Die Mitglieder mehrerer Überfall-Kommandos, zusammengezogen aus ganz Westfalen, saßen im Versammlungsraum. „Mal herhören, Männer!",

Die Viehauktions- oder auch Ausstellungshalle an der Eckendorfer Straße. Sie erlitt im Zweiten Weltkrieg schwere Bombentreffer und wurde nach 1945 abgerissen.

begann Polizeileutnant Peter Schimpf seine Ansprache, „dieser Nationalkommunist, dieser Hitler, spricht heute in der Stadt …". Im Saal waren hier und dort Unmutsäußerungen zu hören. „Was soll das Gemeckere?", fragte Schimpf, „dieser Hitler ist Kommunist, genau wie diese Rabauken von der KPD. Da ist doch kein Unterschied. Lassen Sie sich bloß nicht dabei erwischen, in einem dieser Vereine als Mitglied aufzutauchen. Sie sind schließlich Polizeibeamte!"

„Jawoll, Herr Leutnant!" Die Bestätigung kam wie aus einem Munde. Anschließend erläuterte Schimpf den Anwesenden die geplante Strategie für diesen besonderen Tag: „Wir lassen uns heute von diesem Politik-Gesindel nicht auf der Nase herumtanzen. Wenn diese Idioten von Rotfrontkämpferbund und SA aufeinander losgehen wollen, dann verhindern wir das. Das kann dann, auch von unserer Seite aus, durchaus etwas rustikal werden …". Im Saal war Lachen zu hören. „Wer hier, in meinem schönen Bielefeld, Unruhe stiften will, der bekommt unsere Knüppel zu spüren. Sollte jemand scharfe Waffen mitführen und Sie damit bedrohen, greifen Sie zu Ihrer PPK und verfahren entschlossen nach Einschätzung der Lage. Noch Fragen?" Niemand meldete sich. Keine Fragen.

Es war sechs Uhr am Abend dieses Tages geworden. Im Jordan ging es mittlerweile genauso hoch her wie im Bewekenhorn. Die Kurzen hatten Mut gemacht. Männer grölten. Dann stimmte einer die Internationale an. Andere fielen ein: „Wacht auf, Verdammte dieser Erde, die stets man noch zum Hungern zwingt! Das Recht wie Glut im Kraterherde nun mit Macht zum Durchbruch dringt …". Sehr laut wurde es, als der Refrain an der Reihe war. Man fiel sich in die Arme und sang aus vollster Kehle: „Völker hört die Signale! Auf zum letzten Gefecht!" Etwas weiter, im Bewekenhorn, wurde fast zur selben Zeit ebenfalls ein Kampflied angestimmt: „Die Fahne hoch! Die Reihen fest geschlossen! SA marschiert mit ruhig festem Schritt. Kam´raden die Rotfront und Reaktion erschossen …".

In der Ausstellungshalle: Hat möglicherweise dort, auf der Empore, am 16. November 1930, Adolf Hitler gesprochen?

Um halb sieben machte sich der SA-Sturm 13/1 auf den Weg in Richtung Viehauktionshalle. Fünf Minuten später folgten die Rotfrontkämpfer. Hier wie dort kamen sie alle nicht besonders schnell voran. Dieser oder jener musste ausscheren, um sich an einem Busch oder Baum zu erleichtern. Flachmänner kreisten. Die möglichst unauffällig mitgeführten Messer, Stuhlbeine, Knüppel, Schraubenschlüssel und einige Luger-Pistolen drückten in der Kleidung, waren schwer und hinderlich beim Gehen.

Beide Gruppen überquerten die Jöllenbecker Straße. Der SA-Sturm wählte die Siegfriedstraße als Marschroute, bog dann nach rechts in die Schmiedestraße ein. Dort sahen sie die Mitglieder des Rotfrontkämpferbundes, die die Meller Straße hinuntermarschierten. „Da sind die Schweine! Packen wir sie uns!", schrien die SA-Männer und liefen los. „Rotfront!", riefen die Kommunisten, als sie die angreifenden Nationalsozialisten bemerkten.

Alles stürmte aufeinander los und schwenkte die Waffen. Fast ein jeder hatte zumindest einen Schlagring. Man prügelte wild aufeinander ein, hörte Nasenbeine und andere Knochen brechen, schlug mit Schraubenschlüsseln zu, versuchte, mit Messern zuzustechen. Ein SA-Mann brachte es fertig, im allgemeinen Getümmel seine Pistole zu ziehen und wollte gerade auf einen Rotfrontkämpfer anlegen, als ihm jemand den Arm nach hinten drehte und die Pistole aus der Hand riss. „Wohl wahnsinnig geworden, was? Willst du etwa für immer ins Zuchthaus?" Ein Polizist des gerade eingetroffenen Überfallkommandos hielt den Arm des SA-Mannes im Polizeigriff. Dann ließ er los, verzichtete auf die Verhaftung. Die SA hatte bei der Polizei deutlich mehr Sympathisanten als die KPD.

Schon in den Jahren zuvor waren Rotfrontkämpferbund und Eiserne Front einerseits, SA und Stahlhelm andererseits, in Bielefeld aufeinander losgegangen. Das hatte sich in aller Regel im

Osten der Stadt abgespielt, in der Spindel- und der Mühlenstraße, insbesondere aber vor und in der SPD- und Gewerkschaftskneipe Hammermühle.

Auf der Schmiedestraße tobte mittlerweile eine regelrechte Straßenschlacht. Die Polizisten schlichteten nur halbherzig, taten so, als könnten sie nichts bewirken. Wenn sie eingriffen, dann nahmen sie Kommunisten in Gewahrsam. Bis Polizeileutnant Peter Schimpf mit der Verstärkung eintraf. Erst jetzt griffen die Überfallkommandos auf beiden Seiten härter durch und beendeten die Prügelei.

Die verhafteten Rotfrontkämpfer wurden später in die Keller des Polizeihauptquartiers an der Viktoriastraße gebracht und teilweise schwer misshandelt. Schon wenige Tage später standen sie vor Gericht. Es folgten oft drakonische Strafen wegen Landfriedensbruch. Auch die Justiz war in diesen Zeiten nicht unparteiisch und auf dem „rechten Auge" fast vollkommen blind. Die wenigen in Gewahrsam genommenen SA-Mitglieder befanden sich schon einige Stunden nach den Vorfällen in der Schmiedestraße wieder auf freiem Fuß und trafen sich im Bewekenhorn, um ihren vermeintlichen Sieg zu feiern. Sie hatten jedoch das Wichtigste in ihrem bisherigen Leben verpasst: Die Rede Adolf Hitlers in der Viehauktionshalle. Tausende begeisterter Anhänger jubelten ihrem „Führer" zu. Zwischen 5000 und 7000 sollen es gewesen sein – je nach Beobachter. Die meisten von ihnen würden ihn nie wieder sehen und hören können, außer auf der Kinoleinwand und im Reichsrundfunk. Denn es sollte Hitlers einziger Besuch in Bielefeld bleiben.

Die Disputation auf der Burg Sparenberg

Im Spätsommer des Jahres 1535 fand auf der Burg Sparrenberg (wir verzichten hier auf die – eigentlich – historisch kor-
rekte Schreibweise „Burg Sparenberg") bei Bielefeld eines der
wohl unwürdigsten Schauspiele statt, die die Stadt in der Frühen
Neuzeit erlebt haben dürfte. Der gefangen gesetzte Wiedertäufer Jan van Leiden aus Münster, der selbst ernannte „König des
Neuen Jerusalem", war nach Bielefeld gebracht worden, um hier
mit dem ravensbergischen Landesherrn, Herzog Johann von
Kleve, eine theologische Disputation zu führen. Zumindest war
das der ausdrückliche Wunsch des Herzogs gewesen. Diese
Veranstaltungen waren, nach dem Muster des Streitgesprächs
von Martin Luther mit Johannes Eck im Jahre 1519 in Leipzig, in
Mode gekommen. Das Ganze sollte auf der Burg Sparrenberg
stattfinden.

Seit 1533 hatten die Täufer in Münster Fuß gefasst. Sie forderten
die strikte Trennung von Staat und Kirche und die Glaubensfrei-
heit für den Einzelnen. Deshalb wurde die Kindstaufe abgelehnt,
da sie unbiblisch sei. An ihre Stelle trat die Erwachsenentaufe.
Denn erst im Erwachsenenalter könne der Mensch entscheiden,
welchen Glauben er annehmen wolle. Von ihren Gegnern wurden die Täufer deshalb Wiedertäufer genannt.

Münster wirkte damals wie ein Magnet und zog Protestanten
aus allen Himmelsrichtungen an. Aus den Niederlanden kam,
unter anderen, Jan van Leiden, der spätere „König von Münster". Es dauerte nicht lang, bis die Täufer den Rat der Stadt
und somit Münster beherrschten. Sie verkündeten das baldige
Ende der Menschheit. Die Bewegung radikalisierte sich immer
mehr, führte Vielehen ein und etablierte eine Art Terrorregime.
Die weiterhin praktizierten Erwachsenentaufen verstießen darü-

Die Hinrichtung des Jan van Leiden am 22. Januar 1536 auf dem Prinzipalmarkt zu Münster.

ber hinaus gegen Reichsrecht. Daraus ergab sich die Handhabe für den Fürstbischof und Grafen von Waldeck, gegen die Stadt vorzugehen.

Am 24. Juni 1535 nahmen seine Truppen Münster ein. Sie beendeten das Täuferregime mit äußerster Brutalität. Jan van Leiden wurde in einen der vom Lüdinghauser Schmied Meister Berthold gefertigten Käfige gesperrt. Diese waren eigentlich zum Gefangenentransport bestimmt und viel zu klein, als dass ein Mensch hätte aufrecht in ihnen stehen, geschweige sich bewegen können. Dann begann das Gastspiel des Jan van Leiden in Bielefeld.

Die Osnabrücker Bischofschronik aus dem Jahre 1553 spricht von „ithliken rutheren unde knechten", die den Gefangenen auf dem Weg nach Bielefeld begleiteten und bewachten. Der Herzog traf ebenfalls mit Gefolge in seiner Stadt ein und nahm auf der Burg Sparrenberg Quartier. Hier wollte er den selbst ernannten König „besichtigen und mit em siner ansclege halven

underredinge", also das geplante Gespräch führen. Die Bielefelderinnen und Bielefelder freuten sich auf das „monstrum und
schouwspel", verspotteten und bewarfen Jan van Leiden mit
Kot, als er auf einem Ochsenkarren, in seinem Käfig, durch die
Straßen rumpelte. In der erwähnten Chronik heißt es, er musste
sich dabei „mannich spitzich wordt" anhören.

Über den geplanten Disput mit dem Landesherrn schweigen
sich die vorliegenden Quellen leider weitgehend aus. Aber, so er
denn tatsächlich stattgefunden hat, dürfte er eine der schlimms-
ten Farcen gewesen sein, die Bielefeld je zu Gesicht bekam.
Man stelle sich einen selbstgefälligen Landesherren vor, dem
ein halb wahnsinniger Jan van Leiden in einem Käfig gegenü-
bersitzt, der ihm seit Tagen nicht eine einzige natürliche Körper-
position erlaubt hat. Die Disputation dürfte sehr einseitig aus-
gefallen sein. Der Wiedertäufer wünschte sich wahrscheinlich
nur noch ein gnädiges Ende seines Daseins. Selbstverständlich
wurde ihm auch das nicht gewährt. Am 22. Januar 1536 zerris-
sen ihn Henkersknechte auf dem münsterschen Prinzipalmarkt
mit glühenden Zangen und erdolchten ihn.

Bielefelds schlimmster Tag

Der Anflug der in der Sonne glitzernden US-Bomber auf Bielefeld erfolgte in größtmöglicher Höhe, um dem Beschuss durch
deutsche Flak-Batterien so wenig Fläche wie möglich zu bieten.
Man flog zwischen 6700 und 7600 Metern hoch, über der Wol-
kendecke, mit einer durchschnittlichen Geschwindigkeit von 310
Kilometern in der Stunde. Die ohnehin immer schwächer gewordene Abwehr durch deutsche Jagdflugzeuge konnte von den al-

liierten P-47 und P-51 Abfangjägern zurückgeschlagen werden. Der Endanflug auf das Ziel Bielefeld, das in den Netzkarten der deutschen Luftabwehr den Tarnnamen „Heinrich-Siegfried 7" oder einfach nur „HS 7" trug, erfolgte „Straight and Level", das „Swaying" wurde eingestellt. Die Flugzeuge gingen auf 3600 bis 2400 Meter herunter. In der Fachsprache der Piloten hieß dieser Vorgang „Downwind Run".

Die Bombenschützen in den vorderen Flugkanzeln übernahmen das Kommando. Rauchbomben waren das Zeichen für den gemeinsamen Abwurf. Die Bombenschächte öffneten sich, die Bombenschützen drückten ihre Auslöseknöpfe. Die erste Welle der amerikanischen Boeing B-17, der so genannten „Fliegenden Festungen" legte an diesem 30. September 1944 ab 13:10 Uhr beim größten Luftangriff auf Bielefeld ihren Bombenteppich auf die Stadt.

Bombardiert wurde „streng wissenschaftlich", das heißt, nach den Erkenntnissen, die sich im Laufe von unzähligen Nacht- und Tagangriffen der verbündeten britischen und amerikanischen Luftflotten auf deutsche Städte seit 1942 angesammelt hatten.

Der Cocktail aus Spreng- und Brandbomben, den die US Army-Air Force an diesem Tag auf Bielefeld niederregnen ließ, hatte schon nach 15 Minuten, so lange dauerte das gesamte Bombardement, den gewünschten Effekt erzielt. Die M 57-, M 64-, M 65- und M 66-Sprengbomben mit ihrem Gewicht von 250 bis 2000 Pfund rissen gewaltige Krater in die Straßen und zerstörten die darunter liegenden Versorgungsleitungen. Wasserfontänen schossen meterhoch in den Himmel.

Die Bielefelder Feuerwehren kannten dieses makabre Spiel. Zerstörte Straßen und Leitungen, die kein Wasser mehr führten, würden ihre Arbeit fast unmöglich machen. Die Löschzüge kämen in den zerklüfteten Straßen nicht voran. Und wenn überhaupt noch

Wasser aus den Hydranten entnehmbar wäre, dürfte es viel zu wenig Druck haben. So blieb die Hoffnung auf einige Dieselgeneratoren und die drei Stauteiche gerichtet, die sich bis weit in den Bielefelder Osten zogen und auf eine Anzahl von Löschteichen, deren recht niedrige Wasserstände in den letzten Wochen jedoch vielfache Gründe zur Besorgnis gegeben hatten.

Aufgabe der Sprengbomben war es auch, Fenster und Türen der Bielefelder Häuser einzudrücken und die Dächer zu zerstören. Die massenhaft hineinfallenden Magnesium-Brandbomben entzündeten nun die Möbel der Wohnungen. Die vielen kleinen Brände wuchsen unter den Bedingungen des Luftzugs in rasender Geschwindigkeit zu einem Großfeuer zusammen, das sich wiederum mit anderen verband, immer gewaltiger wurde und in dessen Zentrum sich bis zu 1400 Grad Hitze entwickeln konnten.

Um 14.45 Uhr stand die gesamte Altstadt Bielefelds in Flammen. Augenzeugen berichteten, dass die brennenden Fachwerkhäuser in der Altstadt mit einem seltsamen Krachen zusammenbrachen. Die Zwiebeltürme der Altstädter Nicolai- und Neustädter Marienkirche seien berstend in sich zusammengefallen und ihre Reste funkensprühend in die Tiefe gestürzt.

Eine Woche lange brannte die Altstädter Kirche. Erst dann hatten die Flammen das älteste Gotteshaus der Stadt endgültig zerstört. Die Feuerwehr hatte ihr Möglichstes versucht, angesichts der Aufgabe jedoch kapituliert und das Gebäude schließlich ausbrennen lassen.

Im gesamten Westfalen waren die Feuerwehren alarmiert worden. Innerhalb weniger Stunden trafen 35 Feuerwehrbereitschaften aus Gelsenkirchen, Bochum, Münster, Dortmund, Wuppertal und den Regierungsbezirken Detmold und Arnsberg mit insgesamt 240 Löschfahrzeugen ein. Der damalige Brandinspektor Erich Wilker schilderte seine Eindrücke: „Nur unter größten Schwierigkeiten konnten wir in das Feuermeer vordringen. Der Feuersturm riss uns fast von den Beinen, und um nicht selbst zu verbrennen, mussten wir regelrechte Wassergassen in die hitzedurchflutete Altstadt schlagen."

Vier Tage lang brannte Bielefeld, dauerten die Löscharbeiten. Die Wehren mussten, während die Pegel der Löschteiche immer weiter sanken, lange Leitungen aus der Innenstadt hinaus bis zu den drei Stauteichen legen.

Die Mitglieder des „Sicherheits- und Hilfsdienstes" (SHD) und der „Technischen Nothilfe" waren in den Tagen und Wochen nach dem Angriff damit beschäftigt, Leichen und Leichenteile zu bergen und, sofern möglich, zu identifizieren. Gummihandschuhe schützten sie dabei vor Infektionen. Auf die Männer stürmten groteske, irrwitzige Eindrücke ein. Im Stadtarchiv Bielefeld befinden sich die Listen ihrer Fundstücke. Hier ein Auszug:

609 Unbekannt, Frau (verkohlte Leichenreste – Knochen – im Eimer)

610 Unbekannt, Knochenreste im kleinen Pappkarton

611 Unbekannt, Knochenreste in einem weißen kleinen Kochtopf

612 Unbekannt, Knochenreste, nur Schädelknochen

613 Unbekannt, nur rechter Fuß mit Hautfetzen, ohne Schuh

614 Unbekannt, verkohlte Knochenreste, 1 Person

615 Unbekannt, verkohlte Leichenreste, weibl., ca. 15-16 J., rotbl. Haar m. kl. Zöpfen

616 Unbekannt, Russe, Kr.-Gef. (Fleischteile)

617 Unbekannt, Russe, Kr.-Gef. (Fleischteile)

618 K., Norbert, nur Reste im Eimer

619 F., Caroline, geb. M., nur Knochenreste – im Bratentopf

620 G., Isabell, geb. F., nur Knochenreste – im Bratentopf

Blick vom Turm der Altstädter Nicolaikirche Richtung Süden auf die zerstörte Altstadt.

Der Angriff hatte 649 Bielefelderinnen und Bielefeldern das Leben gekostet. Darunter befanden sich allein 127 Kriegsgefangene und ausländische Arbeitskräfte, ein großer Teil von ihnen Zwangsarbeiter. 1300 Menschen hatten zum Teil schwerste Verletzungen erlitten. Etwa 10 000 Personen waren obdachlos geworden.

Die Bielefelder Altstadt gibt es seit dem 30. September 1944 nur noch in Rudimenten. Sie ist bis auf wenige Überbleibsel untergegangen.

Prügelnde Pastoren

Dem Nationalsozialismus gelang es nach 1933, die evangelische Kirche, zumindest teilweise, zu korrumpieren. Die Katholiken zeigten sich in moralisch-dogmatischen Grenzfällen etwas widerstandsfähiger und gehorchten eher den Vorgaben des Heiligen Stuhls in Rom als den neuen Machthabern. Den deutschen Protestanten fiel es dagegen schwer, nicht zuletzt durch ihre traditionelle Inanspruchnahme des Schutzes der Staatsmacht und einer daraus resultierenden national-konservativen Gesinnung, sich der NS-Ideologie konsequent zu entziehen. Vielmehr sickerte diese an vielen Stellen in die evangelische Kirche ein. Die Folge war eine Spaltung in Deutsche Christen (DC) einerseits, die die Ideen und Erfolge der nationalsozialistischen Regierung durchaus bejubelten, und in die Anhänger der Bekennenden Kirche (BK) andererseits, die eine vorsichtige bis abwartende, teilweise aber auch rigoros ablehnende Haltung gegenüber dem NS einnahmen.

Ein folgenschwerer Zwischenfall in Bielefeld im Jahre 1936 brachte dann fast die gesamte evangelische Kirche Deutschlands in Misskredit. Die Lutherkirche im Stadtteil Sieker verfügte über zwei Geistliche, die sich offen zu den Deutschen Christen bekannt hatten. Jene Gemeindeglieder, die sich der Bekennenden Kirchen zurechneten, übten Kritik daran und forderten das zuständige Presbyterium der Altstädter Nicolaikirchengemeinde auf, ihnen einen Geistlichen zu stellen, der der BK angehörte. Dem Wunsch wurde stattgegeben.

Als der neue Pfarrer mit Begleiter schließlich zum Gottesdienst erschien und sie Einlass in die Lutherkirche begehrten, wurde ihnen dieser von den DC-Geistlichen verweigert. Die anwesende Gemeinde musste nun mit anhören und -sehen, wie sich die einsetzenden verbalen Auseinandersetzungen immer weiter steigerten und schließlich in einer veritablen Prügelei unter den Pastoren gipfelten. Die Zuschauer feuerten die Kämpfenden an, johlten und lachten. Nicht wenige wandten sich jedoch enttäuscht und kopfschüttelnd von dieser Szenerie und damit von ihrer Kirche ab. Wieder andere betrachteten die Auseinandersetzungen als „Pastorengezänk", das zwar unwürdig, aber dennoch zu verkraften sei.

Die Gestapo sorgte übrigens dafür, dass die Deutschen Christen in diesem Streit die Oberhand behielten. Der Fall in Bielefeld ging durch die gesamte Presse des Reiches und wurde deutschlandweit besprochen. Die evangelische Kirche verlor dadurch deutlich an Ansehen. Die Diskussionen dauerten allerdings nicht lange. Denn sehr bald verboten die Machthaber weitere Berichterstattungen. Die evangelische Kirche befürwortete dieses Durchgreifen. Sie wollte unbedingt den Frieden in den eigenen Reihen zumindest einigermaßen wahren.

Bis auf den heutigen Tag gehört übrigens bei den älteren Bielefelderinnen und Bielefeldern, befragt nach eindrücklichen Erlebnissen im christlichen Gemeindeleben, die Geschichte der sich prügelnden Pfarrer regelrecht zur Folklore.

Warum kehrte Pasqualini nicht zurück?

Was Alessandro Pasqualini, einen der wohl berühmtesten und begabtesten Festungsbaumeister der Renaissance, bewog, im Jahre 1555 Bielefeld aufzusuchen und dort bis zu seinem Tod im Jahre 1559 zu bleiben, darüber schweigen sich die wenigen verfügbaren Quellen beharrlich aus. Möglicherweise waren es exorbitante Beträge, die ihn hier hielten, und die der ravensbergische Landesherr Pasqualini als Entlohnung für die in Bielefeld zu verrichtenden Arbeiten in Aussicht stellte. Der Auftrag lautete, den weiteren Ausbau der Burg Sparrenberg zur Festung zu übernehmen.

Was mögen Pasqualini aber für Gedanken bewegt haben, als er, der ursprünglich aus Bologna stammte, einer für damalige Verhältnisse riesigen Stadt mit 70 000 Einwohnern, nun in das kleine Bielefeld mit seinen nur 3000 Menschen kam?

Es ist davon auszugehen, dass sein Auftraggeber, Herzog Wilhelm V. von Jülich-Kleve-Berg und Graf von Mark und Ravensberg, im Volksmund auch „der Reiche" genannt, weil er sehr gut mit seinen Finanzen umging, ihn, den vielumworbenen und prominenten Gast aus Italien, mit einer Kutsche in die Stadt am Osning holte. Dort, so bekam er es vor der Abreise mitgeteilt, regne es ständig. Und es sei kalt, sommers wie winters. Niemand würde freiwillig dort hinziehen. Das hätten schon, und hier wurde Tacitus zitiert, die alten Römer festgestellt. Sie waren der Auffassung, dass es deshalb in dieser Gegend nur Eingeborene im wahrsten Sinne des Wortes gäbe.

Alessandro Pasqualini hatte bis 1555, seinem 62. Lebensjahr, ein bewegtes und gut bezahltes Leben geführt, das ihn, unter anderem, in die Niederlande und ins Rheinland führte. Für seine Verdienste war er zwar immer noch nicht geadelt worden, aber für seine hochbegabten Söhne, Maximilian und Johann, sah es sehr gut aus.

Wo Pasqualini in Bielefeld untergebracht wurde, wo er also arbeiten, essen und schlafen konnte, darauf gibt es einige wenige Hinweise. Es dürfte das mit einem prachtvollen Stufengiebel verzierte Stadthaus der reichen Witwe Fila Krügerin in der Neustädter Großen Straße gewesen sein. Dort, wo die Bürger und der Adel zeigten, was sie hatten.

Sicherlich wurde der Baumeister von einer kleinen Gesellschaft empfangen, die aus den Hausbediensteten bestand. Und vielleicht befand sich unter ihnen auch die Hausdame, die Vorsteherin des gesamten Haushalts, die besagte reiche Witwe. Fila Krügerin war nicht mehr ganz jung, aber doch schön und hoheitsvoll. Und gekleidet war sie zu jener Zeit selbstverständlich im hochmodischen spanischen Stil. Dazu gehörte ein prächtiges Kleid aus Seide mit einer Korsage aus Goldbrokat. Ein gewal-

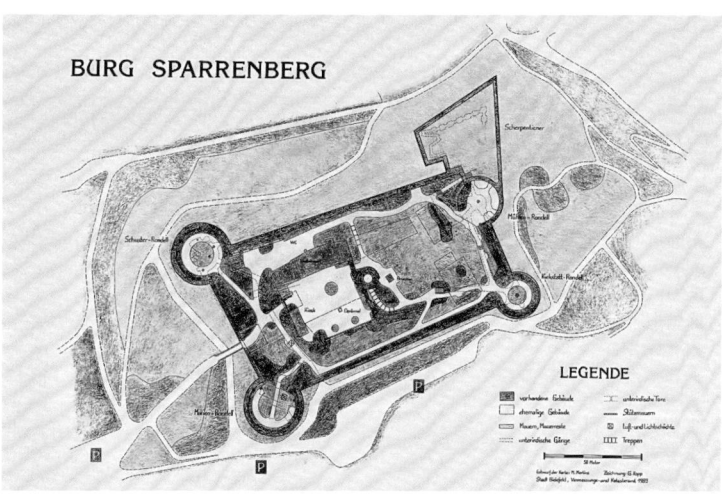

Die vollständige Anlage der Burg Sparrenberg, wie sie sich heute darstellt. Das spitze Vorwerk oben rechts (in südwestlicher Richtung), zeigt den Grundriss der von Pasqualini entworfenen italienischen Schanze.

tiger Kragen, aus feinster Spitze gefertigt, und die breite Krempe des hohen Hutes, ebenfalls spanischer Machart, der auf der linken Seite in kecker Weise hochgeschlagen war, rundeten ein solches Ensemble ab.

Irgendwann in den folgenden Tagen wird sich Pasqualini dann an die Arbeit gemacht haben. Dazu gehörte sicherlich die Besichtigung der Bauvorgänge an der Burg Sparrenberg und um sie herum. Teile der großen Kurtinen waren bereits fertig. Als Schwachpunkt der gesamten Anlage erwies sich der südwestliche Punkt. Dort, wo eigentlich ein im Bau befindliches Rondell sich hätte befinden müssen, war nichts dergleichen zu sehen. Erkennbar war allenfalls eine Art Geschützturm, das Windmühlenrondell. Herzog Wilhelms Amtsvorgänger hatte dieses schon vor etwa hundert Jahren erbauen lassen. Leider befand es sich nicht dort, wo die Kurtinen aufeinanderstießen, sondern im Grunde im Inneren der Anlage, fast als freistehender Turm. An dieser Ecke würde ein Feind als Erstes ansetzen, um die Festung zu erobern. Hier war nun der große Alessandro Pasqualini gefragt, etwas zur Sicherung zu unternehmen.

Es könnte durchaus sein, dass in dem 62-jährigen Italiener nun die Lust zu neuen Taten erwuchs, auch wenn er den Gedanken als unbehaglich empfinden mochte, für protestantische Häretiker, wie es sich bei den Bielefelderinnen und Bielefeldern nun einmal mehrheitlich verhielt, eine Festung zu deren eigener Verteidigung auszubauen. Demgegenüber dürfte er die Nähe der gutaussehenden und überaus interessanten und klugen Witwe namens Fila Krügerin als durchaus inspirierend empfunden haben. Vielleicht hatte er sich in sie auch ein wenig verguckt.

Der Festungsbaumeister lief in den folgenden Tagen und Wochen zu Hochform auf. Schnell hatte er eine mächtige Bastion entworfen, die er an der südwestlichen Ecke bauen lassen wollte und die

Vielleicht hat so die reiche Witwe Fila Krügerin ausgesehen, die dem nicht mehr ganz so jungen Pasqualini den Aufenthalt in Bielefeld erträglich gemacht hat?

das Windmühlenrondell als Geschützturm integrierte. Die Mauern plante er bis zu sieben Metern Dicke und in einer solchen Dichte, dass sie den schwersten Geschossen der Belagerungsartillerie, denen der Scharfmetzen, der Kartaunen, Basilisken und anderen Mauerbrechern würden widerstehen können. Ganz tief unten, in

Höhe der Grasnarbe, sah er einen Horchgang für die Festungsbesatzung vor, damit diese, im Falle der Belagerung, feststellen konnte, was der Feind vorhatte. Ob er etwa einen Stollen vorantrieb, um diesen mit Pulver zu füllen, es zu zünden und mit der Explosion die Festungsmauern einzureißen. Im Grunde war die Planung dieser Schanze kein allzu großes Unterfangen. Immerhin hatte er, Alessandro Pasqualini, schon ganz andere, größere Anlagen erbaut. Dazu gehörte nicht zuletzt die Jülicher Zitadelle. Wahrscheinlich wird Herzog Wilhelm von den Planungen Pasqualinis begeistert gewesen sein. Die spitze, italienische Schanze sollte mit nur leichter Feldartillerie bestückt werden, den so genannten Serpens oder Feldschlangen. Diese Kanonen konnten schnell von wenigen Männern hin und her bewegt werden, immer an die Brennpunkte des Angriffs. Sie waren rasch und leicht zu laden und hatten auf kurze Distanzen verheerende Auswirkungen.

Im Grunde hätte Alessandro Pasqualini den Beginn der Arbeiten lediglich überwachen müssen, um anschließend in die Rheinlande oder nach Italien zurückzukehren. Das tat er aber nicht. Er blieb, wie erwähnt, in der Stadt und starb, wahrscheinlich im August 1559, in Bielefeld.

Hatte er vielleicht die reiche Witwe Fila Krügerin geheiratet? Konnte er sich mit den vermeintlich gottlosen Protestanten aussöhnen? Zeigte er sich, möglicherweise, bald selbst von den Ideen der Reformatoren überzeugt?

Leider gibt es auf diese und viele weitere Fragen zum jetzigen Zeitpunkt keine schlüssigen Antworten. Bis zum Auftauchen neuer Quellen können nur Vermutungen angestellt werden. Und diese bevorzugen bis zum Beweis des Gegenteils den oben aufgezeigten Lebenslauf Alessandro Pasqualinis, der von einem späten Lebensglück des Baumeisters ausgeht.

Der Schwarze Sparverein

Ob es diesen verschwiegenen Verein, genannt „Der Schwarze Sparverein", im Bielefeld der 1950er-Jahre tatsächlich gegeben hat, das kann niemand ganz genau sagen. Aber die Gerüchteküche brodelte. Und sie tut es bis auf den heutigen Tag.

Angeblich hätten sich in dieser Bruderschaft die führenden Männer – selbstverständlich waren es nur Männer – der westfälischen Wirtschaft und Verwaltung zusammengefunden. Offenbar war jeder von ihnen gehalten, in einen gemeinsamen Topf einzuzahlen, ähnlich wie die Mitglieder der zahlreichen einfachen Sparvereine in den vielen Arbeiterkneipen, die es insbesondere im Osten Bielefelds gab.

Diese Beiträge waren angeblich enorm hoch, für damalige Verhältnisse geradezu unvorstellbar. Und sie wurden für gemeinsame Ausflugsfahrten, gewisse Anschaffungen und Feste ausgegeben. Aber was für welche! Es gab nur ganz wenige Augenzeugen dieser geheimen Feiern. Sie berichteten unglaubliche Dinge. So sei für eine dieser Veranstaltungen im Sommer 1955 der gesamte dritte Stock des Hotels „Kaiserhof" in Bahnhofsnähe samt der Saalbauten im Haus angemietet worden. Nur wer ein bestimmtes Codewort wusste, wurde von den Türstehern eingelassen und fand sich dann auf einer Party wieder, die eher die Bezeichnung Orgie verdient hätte.

Auf langen Tischen seien gewaltige Büfetts aufgebaut gewesen, die die Welt bis dahin noch nicht gesehen hätte. In riesigen Sektkühlern befanden sich zahllose Flaschen mit Jahrgangs-Champagner. Drumherum schwarzer und roter Kaviar, in rauen Mengen. Auf den Tanzflächen sei wild getanzt worden. Das Durchschnittsalter der anwesenden Herren war recht hoch, dafür jenes der durchweg jungen Frauen umso niedriger. Einige von ihnen gehörten zum Gewerbe und arbeiteten offenbar in der höchsten Preiskategorie. Zwei Bars versorgten die Anwesenden mit Drinks. Die Stimmung war extrem ausgelassen. Männer lachten dröhnend, Frauen kreischten. Der Alkohol floss in Strömen. Auf Tischen lagen, neben Zigaretten und Zigarren, Spiegel aus. Daneben, in kleinen Behältnissen, weißes Pulver, Kokain. Bald hätte jeder der männlichen Gäste vier oder fünf hübsche junge Damen um sich herum oder im Arm gehabt, die bereitwillig über die Witze ihrer Gönner gelacht hätten. Zu späterer Stunde sei dann alles immer mehr eskaliert und zu einer Orgie mutiert. Bald habe niemand mehr Kleidung am Leibe gehabt und es sei wild durcheinander gegangen.

Einer der Anwesenden, Vereinsmitglied und privat praktizierender Arzt, habe an einem Tisch Morphium-Injektionen vorgenommen. Immer wieder hätten Frauen und Männer in einer der Chaiselongues Platz genommen, den rechten Ärmel aufgekrempelt und die mit einem Gummiband gestauten Venen hingehalten.

Diese sagenumwobenen Feiern, obwohl mit viel Fantasie der von ihr Berichtenden immer mehr ausgeschmückt, haben, so scheint es, tatsächlich stattgefunden.

Im Laufe der Zeit traten Unregelmäßigkeiten auf. Gelder wurden veruntreut, Körperverletzungen und sogar ein Mord fanden angeblich im Umfeld des Schwarzen Sparvereins statt. Nichts davon wurde je zur Gänze aufgeklärt. In Bielefeld hieß es dazu, dass die Spitzen der Polizei ebenfalls Mitglieder des Vereins seien und andere, straffällig gewordene Mitglieder schützten, indem sie die Ermittlungen behinderten oder einstellen ließen.

Nichtsdestotrotz sickerte einiges an Informationen durch. So seien die gewaltigen Summen, die der Verein ausgab, letztendlich veruntreute Gelder aus den staatlichen Bauförderprogrammen der jungen Bundesrepublik gewesen. Die nordrhein-westfälischen

Bauunternehmer hätten gewaltige Summen für den Wohnungsbau nur nach Vorlage der Baupläne kassiert. Durch Einsparungen beim Bau, zum Beispiel mittels Verwendung minderwertiger Materialien, konnten sie jedoch große D-Mark-Beträge einsparen und auf die Seite schaffen. Dieses Geld habe unter anderem der Schwarze Sparverein für seine diversen Aktivitäten verwendet.

Seit Beginn der 1960er wurden die Gerüchte weniger, verschwanden bald ganz. Aber, wer weiß, vielleicht gibt es den Schwarzen Sparverein noch immer?

Das „Studio X" und die „Badewanne"

Rein baulich eine wirklich bescheuerte Lage: Bielefelds ultimative und erste große Progressiv-Disco, das „Studio X", eröffnete Ende der 1960er-Jahre und lag an der Teichstraße, mitten in einem Wohngebiet im Westen der Stadt. Für die pikierten Anwohner aus jenen Schichten, die sich zu den Stützen der Gesellschaft zählten, war es ein leichtes, den „angesagten" Laden nach zwei Jahren Betrieb, im Jahre 1971, wieder schließen zu lassen. Das ging so: Bei irgendwelchen Kontrollen hatten Polizei und Ordnungsamt – natürlich rein zufällig, aber auch irgendwie wunschgemäß – in den Taschen einiger Gäste Drogen gefunden und beschlagnahmt. Die vergleichsweise kleinen Mengen ließen einen Weiterbetrieb des „Ladens" nicht mehr zu.

Dann gab es irgendwelches Gemauschel, Besitzer wechselten, tatsächlich oder nur auf dem Papier, es wurden ein wenig umgebaut und die Brauer des Paderborner Pilseners als Sponsoren gewonnen. Rasch war die „Disco" wieder eröffnet, dieses Mal unter dem Namen „Badewanne".

Das ehemalige „Studio X" in der Teichstraße, das 1971 wegen allzu auffälligen Drogenkonsums seiner Besucherinnen und Besucher die Pforten schließen musste.

Dieser neue, alte Club erlangte einen legendären Ruf. Tatsächliche Globetrotter, die wirklich „herumgekommen" waren, ließen verkünden, dass es die „beste Diskothek Europas" sei. In den ersten Jahren ihres Bestehens traten hier Gruppen wie „Black

Eine echte Devotionalie aus der großen Zeit der Badewanne: der Stempel, den alle Besucher*innen aufgedrückt bekamen und der nur unter Schwarzlicht zu erkennen war.

Sabbath" und „Uriah Heep" auf, die später weltbekannt wurden. Niemals legten die Discjockeys der Badewanne, zu denen die regionale Ikone „Hannes" zählte, jenes Gedudel auf, was unter den Bezeichnungen „Philly-Sound" oder „Disco" lief. Hier war nur „progressive" Musik zu hören und die Langhaarigen schüttelten dazu auf der Tanzfläche ihre „Matte".

Die „Wanne", wie sie von Insidern genannt wurde, sah sich ebenfalls zahlreichen Anfeindungen der Nachbarschaft ausgesetzt. Weshalb sie im Jahre 1979 aber dichtmachen musste und sogar das Haus und alles drum herum abgerissen wurde, bleibt einigermaßen schleierhaft. Da sind offenbar wieder einmal, ganz im Geheimen und überaus inoffiziell, Tatsachen geschaffen worden.

Bizarres aus der Welt des Sports

Endlich! Endlich! Endlich! Arminia Bielefeld hatte am 27. Juni 1970, nach einem 2:0-Sieg über Tennis Borrussia Berlin, den Aufstieg in die Bundesliga geschafft. Der Jubel bei Ankunft der Mannschaft in Bielefeld war gewaltig. Die Fans organisierten einen Autokorso für „ihre" Spieler.

Die Saison 1970/71 lief dann allerdings für Arminia ziemlich schlecht. Man verfügte einfach nicht über genügend gewiefte Profis, die den anderen in der Liga auf Dauer das Wasser reichen konnten. So drohte nach nur einer Saison schon wieder der Abstieg in die Regionalliga. Damit wären dann alle Träume zerplatzt gewesen. Anfang Juni 1971 stand die arme Arminia auf dem 16. Tabellenplatz!

Und dann passierte das Wunder! Am letzten Spieltag, dem 5. Juni 1971, besiegten die ostwestfälischen Spieler, ausgerechnet

Eine lebende Legende ist 1971 zu Gast in Bielefeld: Bundestrainer a. D. Sepp Herberger. Das Bild zeigt ihn während eines Fachgesprächs mit Egon Piechaczek, dem Trainer der Arminen (Zweiter von links). Piechaczek wurde im Januar 1972 entlassen, da er wegen seiner Verwicklungen in den Betrugsskandal vom DFB mit einem Berufsverbot belegt worden war.

in einem Auswärtsspiel, Hertha BSC im Berliner Olympiastadion mit 1:0! Eine irre Sensation, eine Rettung in letzter Sekunde, ein Aufatmen in Bielefeld bei Fans, Spielern und Funktionären. Es bedeutete den Start in die nächste Saison von einem sicheren, wenn auch hinteren 14. Platz. Das war beruhigend. Da lohnte sich der Kauf von neuen Spielern. Die Ostwestfalen wollten nun eine Million D-Mark investieren.

Wie die Arminen-Spieler bei ihrer Rückkehr aus Berlin auf dem Hauptbahnhof in Bielefeld empfangen wurden! Wirklich – wer das gesehen hatte, würde es nie wieder vergessen! Die begeisterten Bielefelder*innen standen bis an die Bahnsteigkante. Der Torschütze Gerd Roggensack lief nach Verlassen des Zuges fast Gefahr, von der Menge erdrückt zu werden.

Obwohl Arminia Bielefeld im Jahre 1972 auf Grund der „Unregelmäßigkeiten" schon längst wieder „draußen" ist, absolviert man die
anstehenden Spiele anständig und mit vollem Einsatz. Das Foto
zeigt eine Szene auf der Alm. Bayern München ist zu Gast (gestreifte
Trikots). Auf der Pressetribüne hat das öffentlich-rechtliche Fernsehen
seine Kameras postiert.

Die Berliner Anhänger von Hertha BSC verdächtigten ihren Verein und vor allem Arminia Bielefeld jedoch der Schiebung. Nach
ihrer Meinung stank es bis zum Himmel. In Bielefeld hieß es
dazu an die Adresse der Berliner, dass derlei Meckereien vor
Saisonende typisch seien, vor allem, wenn die eigene Mannschaft am letzten Spieltag auch noch verliere. Da sei doch wohl
etwas mehr sportlicher Geist angezeigt.

Tatsächlich hatten jedoch in dieser Saison offenbar nicht wenige
Funktionäre in der Bundesliga auf ihren Sportsgeist verzichtet

und Gelder fließen lassen, um den Klassenerhalt zu ermöglichen. Leider befanden sich darunter auch – und vor allem – Bielefelder.

Kickers Offenbachs Trainer Horst Gregorio Cannellas, dessen Schützlinge am letzten Spieltag abgestiegen waren, nahm den Mund besonders voll und behauptete, er verfüge über Unterlagen, die ganz klar eine Reihe von Bestechungen in der Bundesliga nachweisen würden. Auch der Sieg der Arminen in Berlin sei erkauft gewesen.

Im Anschluss daran wimmelte es in den Medien und der Öffentlichkeit von Ehrenmännern, die derlei Vorwürfe weit von sich wiesen, beleidigt taten, drohten, flammende Dementis ausstießen und die Zurücknahme von solch beleidigenden Äußerungen nebst entsprechender Entschuldigungen und freiwilliger verbaler Selbstgeißelung forderten. Die Sittenwächter des DFB hatten jedoch schon längst ihre Arbeit aufgenommen und begannen mit unangenehmen Fragen, mit denen sie die Hauptver-

Eine lange Schlange vor der Arminia-Geschäftsstelle an der Stapenhorststraße. Sie alle wollen Karten für das Spiel gegen Real Madrid am 2. Februar 1975.

dächtigen immer mehr in die Enge trieben. Parallel dazu lief das sportliche Geschehen zunächst ungehindert weiter.

In seiner Ausgabe vom 14. Juni 1971 berichtete unter anderem DER SPIEGEL in großer Aufmachung von den Unregelmäßigkeiten. „Gekaufte Tore" stand auf dem Titelblatt.

In jeder Hinsicht vorbelastet startete Arminia am 14. August 1971 in die nächste Bundesliga-Saison. Die Bielefelder gaben sich nach wie vor begeistert. Doch hinter der sportlichen Fassade bröckelte es. Das DFB-Gericht beschäftigte sich mit Arminia und die Medien beschäftigten sich mit Bielefeld und dem sich immer deutlicher abzeichnenden Bestechungsskandal.

Dann langte der DFB schließlich richtig hin und wies der Arminia als Strafe für fünf Betrugs- und Manipulationsfälle die oberste Amateurliga zu. Das war grausam. Im Grunde bedeutete es den finanziellen Ruin des Vereins und damit auch das Ende des Profi-Fußballs in Bielefeld, beziehungsweise in der gesamten ostwestfälischen Region. Arminia Bielefeld wehrte sich gegen das Urteil mannhaft und legte dem Fußballbund ein Sanierungskonzept vor. Der zeigte sich gnädig und verordnete nunmehr die Regionalliga. Damit bestand wenigstens eine Restchance, irgendwann einmal wieder aufzusteigen. Nicht nur für die Fans brachen harte Zeiten an.

Der Skandal hatte dem sowieso schlechten Image der Stadt Bielefeld weiteren, lang andauernden Schaden zugefügt. Der seit Jahrzehnten kursierende Spruch: „Und seh'n wir uns nicht in dieser Welt, dann seh'n wir uns in Bielefeld", den der Teufel persönlich geprägt haben soll, lud sich für die übrigen Deutschen mit abgrundtiefer Verachtung für die von gescheiterter Bauernschläue und Provinzialität charakterisierten Vorgänge in der ostwestfälischen Stadt auf. Wer in den Jahren danach in Deutschland unterwegs war und als Heimatort Bielefeld angab, erntete meist nur noch ein Kichern oder Stirnrunzeln.

Was die berühmten Söldner von Real Madrid über die Stadt dachten, entzieht sich der Kenntnis einschlägiger Gewährsleute. Der spanische Verein rückte jedenfalls am 2. Februar 1975 mit all seinen Spitzenkräften an, darunter auch die deutschen Spielerlegenden Paul Breitner und Günther Netzer. Anlass war ein Freundschaftsspiel gegen Arminia zum 70-jährigen Vereinsjubiläum. Die Alm war ausverkauft, 30000 Bielefelder machten aus der noch etwas unterirdischen Arena einen jener Hexenkessel, die heute in der Fußballwelt so gefragt sind. Arminia schlug sich tapfer und streckenweise glänzend. So unterlag man gegen den Großverein aus Superstars mit „nur" 2:4 Toren. Immerhin. Die Arminen hatten damit unter Beweis gestellt, dass sie es eigentlich draufhatten, in der Bundesliga zu spielen. Der Aufstieg gelang allerdings erst 1978.

So viele Menschen zog sonst nur Willy Brandt auf den Schillerplatz. Am 28. Mai 1978 hat Arminia Bielefeld in einem Auswärtsspiel gegen Fortuna Köln gesiegt und damit erneut den Aufstieg in die Bundesliga geschafft. Mehrere zehntausend Fans jubeln den Spielern vor dem Balkon des Rathauses zu.

Warum das Ostwestfälische Sportstadion nie gebaut wurde

Nervenaufreibend, mühsam, langatmig und recht undurchsichtig verliefen die Vorbereitungen für das seit Anfang der 1950er-Jahre geplante „Ostwestfälische Sportstadion".

1953 hatte die Stadt Bielefeld den Hof Meier zu Heepen gekauft und besaß damit eine Fläche von fast 28 Hektar, die für die neue Arena samt der als notwendig erachteten Parkplätze ausgewiesen wurde. Hier sollte nun, so der damalige Sprachgebrauch des Bielefelder Rates, eine „Sportstätte für die Jugend" entstehen. Aber schon in den darauffolgenden Jahren stotterte und bockte der Motor. Erst 1957 lag der Plan eines Münchener Sachverständigen vor, der nicht nur die Anlage eines Sportstadions, sondern auch Tennis- und Reitareale als dort realisierbar einschätzte. Darüber hinaus regte er den Bau einer großen Halle für die Austragung von Ballspielen an.

Die Bielefeld*innen gaben sich euphorisch. Die Stadtwerke ließen sich davon anstecken und wogen bereits das Für und Wider einer neuen Straßenbahnlinie nach Heepen ab.

Aus Gründen, die damals wie heute niemand erklären kann, vergab der Bielefelder Rat den Planungsauftrag für die Sportanlage jedoch erst im Jahre 1963. Er favorisierte jetzt nur noch ein einzelnes Sportstadion, das etwa 30 000 Menschen Platz bieten sollte.

Aber es passierte zunächst nichts, abgesehen von den Auseinandersetzungen auf lokalpolitischer Ebene. Die an Bielefeld grenzenden Gemeinden, alle bereits äußerst übellaunig vor dem Hintergrund der sich anbahnenden Kommunalen Gebietsreform (1972/73), die die Auflösung ihrer Eigenständigkeit und die Eingemeindung nach Bielefeld bedeuteten, pokerten hoch. Ein

Die Ausführung des Bauvorhabens „Ostwestfälisches Sportstadion"
war immer wieder an Querelen mit der Gemeinde Heepen gescheitert
und an der schließlich ablehnenden Haltung des Landes Nordrhein-
Westfalen als Zuschussgeber. Hier ein Modell der Heeper Arena aus
dem Jahre 1969.

Kleinkrieg der Schildbürger brach aus. Die Gemeinde Heepen
torpedierte Bielefelder Projekte, wo sie nur konnte. So weigerte
sich die Gemeindevertretung mit einer Dickköpfigkeit, die ihres-
gleichen suchte, das Gelände des Meierhofes – schon längst
im Besitz der Stadt Bielefeld – endgültig umzugemeinden. Es
hieß, Heepen plane selbst, just an derselben Stelle, eine eigene
Sportstätte. Erst 1968 gab der Ort sein Veto überraschend auf.
Was dafür ausschlaggebend war, wird wohl ewig im Dunkeln
bleiben.

Dass etwas, was so lange währte, nun endlich doch noch gut
werden könnte, versetzte die Planer Bielefelds in einen wahren Rausch. Plötzlich war von einer Arena die Rede, die über
40 000 Menschen fassen sollte. Schon forderten die Verkehrs-
beauftragten den Bau zusätzlicher mehrspuriger Straßen. Das
gesamte Paket war mittlerweile aber viel zu groß, als dass die

Schon seit den 1950er-Jahren planten die Bielefelder*innen den Bau eines Großstadions bei den Heeper Fichten, hinter der Radrennbahn. Im Hinblick auf die in der Bundesrepublik stattfindende Fußballweltmeisterschaft im Jahre 1974 sollten darin bis zu 70 000 Zuschauer*innen Platz finden. Das Luftbild aus dem Jahr 1967 zeigt den geplanten Standort der Arena.

Stadt Bielefeld es ganz allein hätte finanziell schultern können. Da bot sich das Land Nordrhein-Westfalen an. In Düsseldorf machte man sich schon länger Gedanken über neue Stadien, nicht zuletzt deshalb, weil die Bundesrepublik Deutschland Austragungsort der Fußballweltmeisterschaft im Jahre 1974 sein würde. Aus der Landeshauptstadt kamen ernst gemeinte Vorschläge für ein „Ostwestfälisches Großstadion" mit dem phänomenalen Steh- und Sitzplatzangebot für sage und schreibe 70 000 Menschen! Jetzt kam sehr viel Bewegung in die Sache, wurde über viel Geld geredet. Das zog magisch an. Ein neuer Architekt arbeitete ab November 1969 im Schnellverfahren die komplette Planung aus, die der Landesregierung kurze Zeit später, im Januar 1970, vorlag.

Dann kam der nächste Rückschlag, der alles zunichte machte: Die Düsseldorfer Politiker revidierten ihre Zusagen: Kein Geld mehr vom Land! Aber wieso? Niemand konnte oder wollte diese Frage beantworten. Es blieb ein großes, dunkles Geheimnis. Alles roch – irgendwie – nach Schiebung, nach Korruption. Schließlich wanderten die Mittel des Landes nach Dortmund. Diese Stadt war bei Einwerbung der Mittel viel aggressiver als die Vertreter Bielefelds aufgetreten und hatte ihre durchsetzungsstärksten Leute nach Düsseldorf geschickt.

Nach dem Aufstieg Arminias (1970) entschied sich der Bielefelder Rat schließlich für die Alm als auszubauende Sportstätte und „butterte" dort Gelder hinein, damit dieses deutlich kleinere Stadion den Anforderungen des DFB entsprach. Das Großprojekt auf der Grenze zu Heepen wurde irgendwann einfach fallen gelassen. Damit hatte die Stadt mehr als eine halbe Million D-Mark „verpulvert": für Planungen, Probebohrungen, erste Baumaßnahmen.

Die Schlachterkirche

Ein markantes Wahrzeichen im Osten der Bielefelder Innenstadt ist der „Ostmann"-Turm oder auch „Pfeffer-Kirche" an der Märkischen Straße. Früher produzierte hier die Firma Ostmann ihre weltweit bekannten Gewürze. Vor noch gar nicht langer Zeit zog dieses Unternehmen schließlich um nach Dissen. Das bedauerten viele Anwohner der Bielefelder Innenstadt, denn damit verschwand auch das angenehme Odeur der exotischen Geschmacksverfeinerer, das die Produktionsgebäude fast immer umgab.

Imposant:
Der Turm der
„Schlachterkirche".

Ortsunkundige wundern sich zuweilen angesichts des spezifischen Ausse-hens des Turms und in Unkenntnis der wahren Sachverhalte seiner Ge-schichte, dass Bielefeld offenbar über ein Plane-tarium verfügt. Tatsächlich sieht die runde, metallene Turmhaube auch so aus, als könne sie auseinan-dergefahren werden, um einem großen Teleskop den Blick in den Himmel zu ermögli-chen.

Doch die wahre Bestimmung des Turms war eine ganz andere: Das im Jahre 1912 errichtete, 34 Meter hohe Bauwerk trug bis 1938 den martialisch anmutenden Namen „Schlachterkirche". Und das lag daran, dass sich hier die Bielefelder Niederlassung der sozialdemokratischen Konsum-Genossenschaft befand. Zu deren Unternehmen gehörte auch ein eigener Schlachthof. Der Turm fungierte als Wasserreservoir für den Schlachtbetrieb.

So wurden hier weder je Sterne beobachtet noch „Schäflein" ge-schlachtet. Der ehemalige Wasserturm ist heute ein Wohnheim für Studierende – die sicherlich auch manchmal in den Sternen-himmel schauen.

Den Geruch vergisst du nie!

Wer ihn einmal gerochen hat, dürfte ihn sein Leben lang nicht vergessen haben. Manchmal berichteten sogar die Zeitungen über diesen seltsam süßlichen Gestank, der besonders an warmen Tagen wie ein schweres, klebriges Tuch über dem Viertel hing. Das ganz in der Nähe gelegene städtische Freibad entvölkerte sich an solchen Tagen zusehends. Die „Insassen", Schüler*innen wie Lehrer*innen der ehemaligen Falk-Realschule an der Frachtstraße, davor VI. Bürgerschule oder auch Weidenschule, gehörten, ebenso wie die Besucher des Freibades, zu den „Geruchs-Geschädigten". Sie berichteten, dass, wegen des Gestanks, an manchen Tagen Türen und Fenster geschlossen blieben, auch wenn es dadurch in den Klassenräumen nach einiger Zeit nicht sehr viel besser roch als draußen.

Im Bielefelder Schlachthof, 1957.

Doch woher kam der Gestank?

Er kam aus dem nahe gelegenen Schlachthof – an manchen Tagen herrschte hier Hochbetrieb, und das war dann im ganzen Stadtviertel zu riechen.

Am 16. Dezember 1884 hatte die „Fleischerinnung zu Bielefeld" ihren neuen Schlachthof an der Ecke der heutigen Walther-Rathenau-Straße und der Werner-Bock-Straße eröffnet. Erst später, 1910, wurden übrigens die frühere Weidenschule (später Falk-Realschule) und 1929 das Freibad in der Nachbarschaft errichtet. Nach schweren Bombentreffern im Zweiten Weltkrieg erfolgte der Wiederaufbau des Schlachthofs, in den 1960er-Jahren schließlich ein groß angelegter Umbau der Anlage. Bis auf das Verwaltungsgebäude und die berühmte „Schlachthof-Gaststätte" verschwanden die ursprünglichen Häuser fast vollends. Seit den 1990er-Jahren wird hier nicht mehr gearbeitet. Die größeren Gebäude sind nun teilweise abgerissen und seither durch Wohn-, Geschäfts- und Verwaltungsbauten ersetzt worden. Und damit ist auch sämtliches Odeur verflogen.

Hier werden Rinder zerlegt: Schlachtbetrieb im Jahre 1966.

In den „Unterirdischen Gängen" der Burg Sparrenberg. Hier das Innenleben des Windmühlenrondells.

Bielefelds berüchtigte unterirdische Gänge

Die „Kasematten" der Burg Sparrenberg, also jene Gänge und Räume im Inneren die Festungsanlage, die durch ihre gewölbte Bauart und die meterdicken Mauern den im 16. und 17. Jahrhundert üblichen Artilleriegeschossen standhalten konnten, laufen bei den Besichtigungsrundgängen unter der Bezeichnung „Unterirdische Gänge". Ohne die Beleuchtung wäre es hier so dunkel, dass zuweilen die Hand nicht mehr vor den eigenen Augen erkannt werden könnte. Ein beliebter Scherz der längst verstorbenen „Burgwartin" Gertrud Nebel, die ihre zum Kult gewordenen Führungen mit einer monströsen Handglocke ankündigte, war es, insbesondere Schulklassen in die „Unterirdischen Gänge" zu geleiten, um dann das elektrische Licht auszuschalten. Das daraufhin von teilweise echter Existenzangst motivierte Gekreische der Schülerinnen und Schüler war atemberaubend!

Was diese zumeist nicht wussten: Sie befanden sich gar nicht unter der Erde, sondern sogar noch einige Meter darüber.

Wenn Gertrud Nebel besonders gut drauf war, erzählte sie den Gästen im Vorfeld dieser Aktion von angeblichen Burgge-spenstern, die hier ihr Unwesen treiben würden. Ging das Licht aus, dann rasselte überdies jemand für ein kleines Salär mit irgendwelchen Ketten, um diesen schon damals etwas ange-staubten „Old-School-Grusel" perfekt zu machen.

Einen anderen, wirklichen unterirdischen Gang soll es tatsächlich einmal gegeben haben, nur wann das war, weiß niemand mehr genau. Angeblich ging er von der Burg Sparrenberg unter der Stadtmauer hindurch bis zur jetzigen „guten Stube" Bielefelds, dem „Alten Markt" und war für Fluchtzwecke gedacht. Heute er-innert nur noch ein Gedicht im wundervoll klingenden und jedes Ohr verwöhnenden Bielefelder Missingsch an diese Zeit:

„Von der Sparrenburg ching mal ein Chang;
duster war er und chaanz lang.
Er ching bis zum Alten Maakt,
getzt isser zucheraakt."

In Bielefeld hält man sich übrigens für einen bestes Hochdeutsch sprechenden Menschenschlag. Fremdbild und Selbstbild kom-men hier tragischerweise aber einfach nicht zur Deckung.

Der „Eiserne Anton" und was so an ihm hing

Der Bismarckturm, im Volksmund „Eiserner Anton" genannt, ist eine Aussichtsplattform auf dem fast 309 Meter hohen Ebberg im Teutoburger Wald. Wie der Name zustande kam, ist leider nicht mehr mit Sicherheit rekonstruierbar. Auf jeden Fall hat die

Der „Eiserne Anton". Postkarte aus dem Jahre 1930.

Stiftung des Bielefelder Maschinenbaufabrikanten Heinrich Fricke im Jahre 1895 die Baukosten übernommen. Leider ist der Turm nur acht Meter hoch. Das hat zur Zeit seiner Aufstellung offenbar gereicht, um ins Land zu schauen. Mittlerweile sind die umstehenden Bäume aber kräftig gewachsen. So lassen sich nun eher Baumwipfel von der Plattform aus studieren.

In den 1930er-Jahren verhielt es sich noch anders. Damals war der Eiserne Anton auch von Bielefeld aus zu sehen. Eines Tages bemerkten aufmerksame Zeitgenossen, dass offenbar an dem Eisengerüst etwas baumelte. Die Bielefelderinnen und Bielefelder griffen zu ihren Ferngläsern und sahen mit Entsetzen, dass sich dort oben jemand aufgehängt hatte. Die Nachricht verbreitete sich wie ein Lauffeuer in der Stadt. Der Schrecken wich der Sensationslust, denn jeder wollte einmal durch die wenigen vorhandenen Fernrohre oder Feldstecher schauen, um die Leiche zu sehen. Feuerwehr und Polizei machten dem Spuk allerdings rasch ein Ende. Wer der Erhängte war, und aus welchen Gründen er diesen Schritt vollzog, ist niemals einer größeren Öffentlichkeit bekannt geworden. So ranken sich um diese Tat eine Reihe Erzählungen, die mittlerweile fast schon zum Bielefelder Kulturgut und ohne Zweifel zur Sammlung unheimlicher Bielefelder Geschichten gehören. Auch heute noch erzählen die Schülerinnen und Schüler jeder Schulklasse, die als Ziel ihres Wandertages den Eisernen Anton wählt, schaurige Varianten der lange zurückliegenden Geschehnisse.

Der Sennefriedhof – groß und geheimnisvoll

Der Sennefriedhof ist einer der größten deutschen Friedhöfe. Seine Einweihung fand im Jahre 1912 statt. Damals waren 72 Hektar Waldbestand für Grablegungen ausgewiesen worden. Zu Beginn der 1970er-Jahre umfasste die Friedhofsfläche 105 Hektar, heute deutlich mehr. Gräberfelder für gefallene Soldaten, Flüchtlinge, Vertriebene, Bombenopfer, ausländische Kriegstote und Nichtchristen finden sich angelegt und in Nutzung. Bis zum Beginn des neuen Jahrtausends sind hier etwa 110 000 Menschen in unge-

fähr 50 000 Grabstellen beerdigt worden.

Zu den geheimnisvollsten Grabmalen des Sennefriedhofs zählt das eines Bielefelder Industriellen. Angeblich ist die Bronzefigur auf einem steinernen Podest in Haltung und Ausdruck der „Unbekannten aus der Seine" nach-

Die „Unbekannte aus der Seine", Greta Garbo oder Marlene Dietrich? Wer hier als Modell fungierte, dürfte ewig im Dunkeln bleiben.

So sieht er aus, der „Allsieger Tod" von Hans Perathoner.

empfunden. Diese Frau, eines Tages aus dem Fluss geborgen und niemals mit Sicherheit identifiziert, gab zu umfangreichen Spekulationen auch mystischen Inhalts Anlass, da ihre rechte Handfläche in typischer Vanitas-Manier nach außen gekehrt war. Kenner der Figur auf dem Sennefriedhof verweisen immer wieder darauf, dass die Gesichtszüge ganz klar denen der Schauspielerin Greta Garbo nachempfunden seien. Andere meinen demgegenüber, hier eine deutliche Ähnlichkeit mit Marlene Dietrich feststellen zu können.

Aufsehen und Anstoß erregte seinerzeit auch ein Relief: Im Jahre 1913 ist die große, die „Alte Kapelle" eingeweiht worden. In ihrem Giebelfeld befindet sich die Figur „Allsieger Tod", eine breitbeinig sitzende nackte Männergestalt. Das Relief schuf Hans Perathoner, damaliger Leiter der Bildhauerklasse an der berühmten Bielefelder Kunstgewerbeschule. An der unbekleideten Gestalt haben die sonst eher zurückhaltenden Bielefelderinnen und Bielefelder lange Zeit Anstoß genommen. Der Ärger darum hat sich mittlerweile jedoch in Wohlgefallen aufgelöst. Hans Perathoner fühlte sich in Bielefeld allerdings deutlich unverstanden. So wechselte er 1914 an die Kunstgewerbeschule in Charlottenburg.

Weitere Bücher aus der Region

Liebenswertes Bielefeld
Farbbildband,
deutsch/english/français
Matthias Rickling
72 Seiten, zahlr. Farbfotos
ISBN 978-3-8313-2508-5

Echt clever!
Geniale Erfindungen aus Nordrhein-
Westfalen
Hans-Jörg Kühne
120 Seiten, zahlr. Fotos
ISBN 978-3-8313-2991-5

Bielefeld – einfach Spitze!
100 Gründe, stolz auf diese
Stadt zu sein
Matthias Rickling
104 Seiten, zahlr. Farbfotos
ISBN 978-3-8313-2914-4

Bielefeld – gestern und heute
Gegenüberstellungen zeigen den Wandel
Thomas Güntter, Doreen Koschnick,
Hans-Jörg Kühne
64 Seiten, zahlr. Fotos
ISBN 978-3-8313-1714-1

Wartberg-Verlag GmbH
Im Wiesental 1   34281 Gudensberg
www.wartberg-verlag.de

Bücher für Deutschlands Städte und Regionen
Tel. 0 56 03 - 93 05 0
Fax. 0 56 03 - 93 05 28